신사
고양이

THE FUR PERSON

written by May Sarton and illustrated by Jared Taylor Williams

Copyright ⓒ 1978, 1957 by May Sarton
Illustrations copyright ⓒ 2002 Jared Williams
Korean translation copyright ⓒ 2009 by Maumsanchaek
All rights reserved.

Korean language edition published by arrangement with Russell & Volkening Inc. through Shin Won Agency Co., Seoul

이 책의 한국어판 저작권은 신원 에이전시를 통해 Russell & Volkening Inc.와 독점 계약한 마음산책에 있습니다. 저작권법에 의해 한국 내에서 보호를 받는 저작물이므로 무단 전재와 복제를 금합니다.

■ 이 도서의 국립중앙도서관 출판시도서목록(CIP)은
e-CIP 홈페이지(http://www.nl.go.kr/ecip)에서 이용하실 수 있습니다.
(CIP제어번호: CIP2009002058)

신사
고양이

메이 사튼
조동섭 옮김

마음산책

신사
고양이

1판 1쇄 인쇄 2009년 7월 15일
1판 1쇄 발행 2009년 7월 20일

지은이 | 메이 사튼
옮긴이 | 조동섭
펴낸이 | 정은숙
펴낸곳 | 마음산책

편집 | 심재경·권한라   디자인 | 김정현
영업 | 권혁준   관리 | 박해령

등록 | 2000년 7월 28일(제13-653호)
주소 | 서울시 마포구 서교동 395-114 (우 121-840)
전화 | 대표 362-1452 편집 362-1451   팩스 | 362-1455
홈페이지 | http://www.maumsan.com
전자우편 | maum@maumsan.com

ISBN 978-89-6090-059-2 03840

* 책값은 뒤표지에 있습니다.

털북숭이 인간은 그때 그곳에서 깨달았다.
왕이 되기보다 철학자가 되는 것이 좋다고.
어느 모로 보나 지혜가 권력보다 좋다고.

주디에게

• 서문 •

 '털북숭이 인간'은 상상의 고양이가 아닌 진짜 고양이였다. 털북숭이 인간 톰 존스와 '무뚝뚝한 목소리'(나)와 '다정한 목소리'(주디 매틀랙)는 매사추세츠 주 케임브리지에서 오랫동안 같이 살았다. 아주 오래전 일이고, 그러므로 물론 톰 존스는 살아 있지 않다. 그렇지만 톰 존스는 이 땅에서 길고 행복한 삶을 살았고, 이렇게 말할 수 있어서 기쁘게도, 이제 문학 속 인물로 불멸의 삶을 살게 되었다.

 며칠 전 나는 정성껏 프린트된 편지를 받았다. 편지에는 "제가 읽은 책 중에서 가장 좋은 책입니다"라고 적혀 있었다. 아홉 살짜리 아이가 보낸 그 편지에 나는 즐거웠다. 톰 존스 이야기가 절판되어서 불평하는 소리들이 꽤 많았다. 이제 톰 존스는 새로운 세대의 독자들에게 다시 읽히고 발견될 것이다. 나는 할머니들이 손자들에게 이 책을 소리 내어 읽어주기를 바란다. 애초부터 그렇게 되기를 바라고 썼기 때문이다. 보들레르가 고양이들의 특별한 친구들이라고 부른 '열렬한 애호가들과 진지한 학자들' 뿐 아니라 온 가족이 즐기기를 바라고 썼다.

친절한 출판인들로부터 이 새 판본에 서문을 써달라는 부탁을 받았을 때, 나는 털북숭이 인간이 문학 속에서 생명을 얻은 지 20년이 지났는데 그 시간을 어떻게 뛰어넘어 되돌아갈 수 있을지 막막했다. 무슨 말을 해야 할까? 그러다가 당시에는 알리지 않았지만 톰 존스의 명성에 조금 특별한 광채를 더할, 중요한 일화가 떠올랐다.

주디와 내가 케임브리지 라이트 가 14번지로 이사하기 전, 1950년대 초 몇 년 동안 우리는 메이나드 플레이스 9번지 집에 세 들어 살았다. 주디가 안식 휴가를 받았을 때, 우리는 블라디미르 나보코프와 그의 아름다운 부인 베라에게 집을 잠시 빌려주었고, 두 사람은 그 집에 머무는 동안 톰 존스를 기꺼이 다른 대가 없이 맡아주었다. 친절한 베라와 애묘가 블라디미르로 이루어진 유명한 가족에게 받아들여지다니, 신사 고양이에게 크나큰 행운이 아닐 수 없었다.

메이나드 플레이스의 집에서 내 서재는 맨 위층에 있었다. 작지만 햇빛이 잘 드는 방으로, 한쪽 벽은 책으로 덮여 있었고, 창이 있는 쪽에는 긴 책상과 딱딱한 의자가 있었다. 나보코프는 이 멋없는 물건들을 치우고 그 자리에 속을 푹신하게 채운 커다란 안락의자를 두고는 반쯤 눕다시피 앉아서 글을 썼다. 톰 존스는 나보코프의 가슴, 즉 천재의 가장 중심부에 몸을 뉘어도 환영받을 수 있다는 것을 곧 알아차렸다. 그곳에서 톰 존스는 발바닥을 불가사리 모양으로 펼치고 무아지경으로 가르랑거리며, 때로 —자기 즐거움의 대상에게는 조금 고통스럽게— 발로 치대기도 했다. 나는 나보코프가 그해에 『롤리타』를 구상하였고, 그 감각적인 세계의 창조에 톰 존스가 연관되었을지도 모른다는 상상을 지금도 즐겨 하곤 한다.

우리 세입자는 세계적인 명성을 누리고 있었고, 주디와 나는 집으로 돌아온 뒤 한동안 나보코프와 연락을 주고받지 못했다. 그러나 나보코프는 톰 존스를 잊지 않았고, 그들 부부가 케임브리지에 잠시 들러서 앰배서더 호텔에 묵게 되었을 때 톰 존스를 초대했다. 물론 톰 존스를 모시고 갈 사람도 필요했다. 주디와 나는 톰 존스를 택시에 태웠다. 나는 걱정스러웠다. 톰 존스가 신사 고양이기는 했지만, 그래도 고양이였다. 독일 번역자가 일컬은 대로 '털에 싸인 작은 신사'(Kleiner Herr im Pelz)였다. 그리고 고양이들은 환경이 바뀌면 몹시 불안해 하는 경향이 있다. 그래서 엘리베이터를 타고 올라가는 동안, 나와 주디와 내 팔에 안긴 톰 존스, 이렇게 셋 모두 얼마간 신경이 곤두서 있었다.

정말 따뜻한 환대를 받았다. 수행원인 나와 주디에게는 찻잔이 놓였고, 그날의 주빈 앞에는 날간이 담긴 접시가 놓였다. 먹기 좋게 잘게 자른 간이었다. 그러나 그 뒤로 펼쳐진 광경은 비참했다. 광장공포증 경향이 있는 톰 존스가 벨벳 소파 아래로 사라지더니, 머무는 내내 난감하게도 밖으로 나오지 않으려 했다. 가야 할 시각이 되자 결국 소파를 옮겨서 억지로 끌어내야 했다. 나보코프가 다정하고 친밀하게 보냈던 때를 떠올리며 즐거이 상상했을 재회는, 재회가 아니었다. 재앙이었다.

그렇다 하더라도, 톰 존스가 특별한 고양이, 문학적 영

예를 누릴 만한 고양이로 증명되었다는 것, 그리고 고양이가 왕을 바라볼 수 있다면 왕도 가끔은 고양이를 바라볼 수 있다는 것은 사실로 남아 있다.

1978년 2월
메인 주 요크에서
메이 사튼

• 차례 •

서문 • 9

제1장 알렉산더의 털목도리와 떠돌이 고양이 • 17

제2장 모험 • 31

제3장 탈출 • 43

제4장 대구 요리 • 53

제5장 집이 생기다 • 61

제6장 톰 존스가 되어 이름 없는 고양이와 싸우다 • 71

제7장 '병원'이 뜻하는 것 • 81

제8장 힘든 시기를 겪다 • 89

제9장 오, 기쁜 존스! • 99

제10장 멋대로인 쥐! • 107

제11장 먼 이사 • 119

제12장 열한 번째 계명 혹은

창틀 고양이의 회상 • 131

옮긴이의 말 • 145

■ 일러두기

1. 이 책의 원서 『The Fur Person』은 1957년 초판 출간, 1978년 개정판 출간 후 새로운 그림을 넣어 펴낸 2002년 판이다.
2. 옮긴이 주는 글줄 상단에 맞추어 표기하였다.

• 제1장 •

알렉산더의 털목도리와 떠돌이 고양이

 영예롭게 세상 위에 군림할 수 있지만 편안하다고 하기에는 조금 지나치게 야윈 떠돌이 고양이로 한동안 지내던 '털북숭이 인간'은 두 살이 되었을 때 이제 정착하겠다고 마음먹었다.

 붙박이로 지낼 집과 식구를 찾는 문제는, 친절하지만 천해서 '신사 고양이'에게 말하는 법을 모르는 이웃 식료품상들과 만나듯 오월 아침처럼 가볍게 다가갈 일이 아니었다. 절대 아니었다. 어느 모로 따져도 적절한 가정부를 체계적으로 찾아야 했다. 이상적인 가정부는 나이 든 아주머니여야 한다. 가능하면 뜰이 있는 작은 집에 사는 나이 든 아주머니. 집에는 다락방과 지하실, 둘 다 있어야 한다. 다락방은 재미있게 놀 곳, 지하실은 사냥할 곳이다. 이렇게 말하게 되어 안타깝지만, 아이들은 피할 수 있으면 피해야 한다. 아이들은 가정부의 일을 방해하고, 바람직하지 않게 행동한다.

털북숭이 인간은 조그마한 주근깨박이 소년에게 생명을 빚졌다. 하지만 소년은 잊고 싶은 일들을 아주 잘 잊었으며, 털북숭이 인간 역시 그렇게 잊혔다. '동물 구조대'에서 남자가 검정 가방을 들고 왔을 때, 알렉산더라는 그 소년이 어찌나 소리를 크게 질렀던지, 알렉산더의 어머니는 마음을 누그러뜨리고 새끼들을 내려다보며 말했다.

"자, 알렉산더, 한 마리는 키워도 좋아. 그렇지만 빨리 골라."

"꼬리가 조금 긴, 저 고양이."

알렉산더는 잠시도 망설이지 않고 말했다. 그러고는 상자에 뛰어들어 작고 물컹한 벨벳 베개를 구해냈다. 그 벨벳 베개가 나중에 털북숭이 인간이 될 터였지만, 아직은 너무 작아서 귀도 펴지지 않았고, 흐릿한 파란 눈으로 앞도 잘 볼 수 없었다. 엄마는 없고 서투른 소년만 있으니 상당히 불편했다. 엄마라면 털북숭이 인간을 핥아서

형체를 만들고 털북숭이 인간이 낑낑거릴 때마다 얼마든지 젖을 주었겠지만, 엄마는 찢어지는 목소리로 절박하게 우는 새끼고양이 다섯 마리를 낳자마자 사라졌다. 대신 알렉산더가 질 낮은 우유와 스포이트를 들고 왔다(그나마도 생각날 때만 왔다). 알렉산더는 가죽점퍼 안에 고양이를 넣고 다녔고, 고양이를 너무 꽉 잡기도 했다. 어쩌면 그래서 털북숭이 인간이 길쭉하고 구불구불한 모습이 되었는지도 모르겠다.

털북숭이 인간은 알렉산더의 침대에서 잠을 잤고, 몹시 추운 날에는 알렉산더의 목에 온몸을 감기도 했다. 그래서 알렉산더의 털목도리로 불렸다.

털북숭이 인간은 알렉산더와 알렉산더의 변덕을 참다가, 태어난 지 여섯 달이 된 어느 맑은 여름날, 하얀 앞가슴을 빛나게 핥고, 흰 꼬리초리를 자랑스레 살피고, 등을 따라 나 있는 호랑이 줄무늬가 모두 반지르르한지 확인한 다음, 멋쟁이 젊은이처럼 뽐내며 걸어갔다. 조금 더 멀리까지 나간 산책과 모험으로 시작한 일이 결국 사는 방법이 되었고, 다시는 돌아갈 수 없었다.

떠돌이 고양이로, 털북숭이 인간은 히피 같은 걸음걸이로 다녔다. 한쪽 귀에는 아주 작은 흉터가 남았다. 며

칠에 한 번씩 애써 씻기에는 너무 바쁠 때도 있었다. 앞가슴은 회색이 되었고 꼬리초리의 흰색은 거의 사라졌으며, 수염이 고슴도치 가시 같은 힘과 생명력으로 뺨에서 내뻗쳤다. 갖가지 거리 노래들도 배웠다. 발을 들어서 겁주는 법, 소리로 겁쟁이를 물러서게 하는 법, 간발의 차로 먼저 공격해 불량배의 입에서 비명이 나오게 하는 법, 도도한 젊은 암고양이는 물론 나긋나긋한 중년 암고양이로부터 사랑을 얻는 법도 배웠다.

털북숭이 인간은 무척 바쁘게 지냈다. 가을로 접어들자, 유감스럽게도, 털북숭이 인간은 알렉산더를 까맣게 잊었다. 털북숭이 인간은 탐험과 정복으로 더 멀리 나아갔다. 새끼 시절의 부드러운 침대가 문득 떠오를 때면, 어디서 되찾아야 할지 알 수 없었다. 털북숭이 인간은 꼬리를 앞뒤로 흔들어 바닥을 치며 생각했다. 나는 나야. 무섭고도 매력적인 떠돌이 고양이, 그것으로 충분해. 떠돌이 고양이는 완전한 직업이었다. 예를 들자면, 음식을 찾느라 더 재미있는 다른 일을 계속할 수 없었다. 떠돌이 고양이는 사나워야 하며 간교해야 한다. 가장 쉽게 열리는 쓰레기통 뚜껑이 어디에 있는지 알려면 근처 곳곳을 한 치도 빼놓지 않고 알아야 하며, 식료품상들이 옆에 있는 아무에게나 맛있는 대구 머리와 꼬리를 던져 주는 때가 언제인지도 알아야 한다. 나이 든 아주머니에게 잡히지 않으면서도 우유를, 혹은 가끔 크림을 얻는 요령도 터득해야 하며, 독립을 잃을 수도 있는 안락함에 대한 꿈에는 절대 굴복하지 않으면서 무정한 이기심으로 친절을 끌어내야 한다. 그러나 떠돌이 고양이의 여위고 냉소적인 모습으로는 인간의 친절을 크게 기대하기 힘드니, 쉽지 않은 생활이다.

그 나이 때의 털북숭이 인간도 예외가 아니었다. 털북숭이 인간은 떠돌이 고양이에 딱 맞게 살았다. 다만 몇 가지 다른 점이 있었다. 담 아래서 빈틈없이 꽁꽁 몸을 둥글게 말고 때때로 가르랑거리는 소리와 비슷하게 조그만 소리를 내는 것과, 즐거운 기억이 났는지 앞발을 폈다 오므렸다 하기까지 하는 것이었다. 그 즐거운 기억이 무엇이었는지는 잠에서 깨면 잊어버렸다. 아주 가끔씩만, 조금 아쉬운 기분이 들었다. 그러면 얼굴과 앞가슴을 핥아서 기운을 북돋우고 평소보다 더 힘차게 거리를 으스대며 걷다가, 잠시 자신이 어디에 있는지 혹은 자신이 누구인지도 모르는 듯 걸음을 멈추고 뒤돌아보았다.

두 살이 될 때까지 털북숭이 인간은 떠돌이 고양이였

다. 하지만 이상한 꿈, 말하자면 벽난로와 그 앞에서 발을 몸 아래 묻고 앉아 있는 자신의 모습, 어린 남자아이의 손이라고는 믿을 수 없는 부드러운 손, 따뜻한 우유 접시 등의 꿈을—정말이지 아주 이상한 꿈들을— 꾸는 떠돌이 고양이였다. 그 꿈을 잊으려면 요가에 집중해야 했다. 때로 종일 계속될 만큼 오랫동안 꿈에 사로잡히기도 했다.

꿈에서 가르랑거리며 깨어난 어느 아침, 털북숭이 인간은 아주 정성껏 얼굴을 씻고 이제 정착할 때라고 마음먹었다. 수염이 햇빛에 반짝였다. 기지개를 켜고, 하품을 하고, 몇 미터 앞 느릅나무 아래에서 뒤뚱뒤뚱 걷고 있는 비둘기들을 겁주며 잠깐 즐겁게 놀았다. 그러나 이 유치한 놀이를 하는 도중에, 갑자기 똑바로 앉아서 눈을 가늘게 떴다가 다시 아주 크게 뜬 뒤, 한참 동안 어디에도 시선을 두지 않았다. 바로 그때 그곳에서, 털북숭이 인간은 자신이 고아임을 깨달았다. 자기 연민으로 얼굴이 아주 뾰족해졌다. 그것 말고는 털북숭이 인간이 안에서 샘솟는 외로움의 긴 물결에 휩쓸리지 않고 자존심을 잃지 않기 위해서 할 수 있는 일은 아무것도 없었다.

그런 경험을 한 뒤, 그날 하루는 힘겨웠다. 하릴없이

돌아다니다가, 베란다에 앉아 있는 번지르르하고 살찐 고양이들과 마주칠 때마다 가슴이 아팠다. 이제 털북숭이 인간의 눈에는 그 고양이들이 전혀 새롭게 비쳤다. 그 고양이들은 이미 가정부를 찾았고, 아늑하고 따뜻한 잠자리도 있었다. 어둠이 깔릴 무렵, 혼자서 낯선 거리를 걸어가던 털북숭이 인간은 몹시 지쳤다. 이제 결정을 내려야 할 시간이 바싹 다가왔음을 뼛속까지 깨닫고 있었다.

저 멀리 어디에서 다정한 목소리가 들렸다.

"야옹아, 야옹아, 이리 온."

일주일 전만 해도 그런 소리에 전혀 신경 쓰지 않았을 것이다. 그러나 이제 소리를 듣자마자 주의를 기울이고 애교스럽게 걸으며 정찰을 했다. 정원으로 둘러싸인 집 현관에 불이 켜져 있고, 그 앞에 땅딸막한 백발 여자가 서 있었다. 어린 남자아이는 보이지 않았다. 털북숭이 인간은 그 집에 몹시 끌렸다. 매자나무 덤불을 따라 달리다가 상황을 살필 수 있는 곳에 앉았다. 마음을 정하려는 순간, 아주 별나게 생긴 고양이가 갑자기 계단을 뛰어오르더니 안으로 들어가고 현관문이 닫혔다. 몸 전체가 낙타색이고 발과 귀만 갈색인 그 고양이는 눈이 인간처럼 파랗게—털북숭이 인간이 살짝 환각에 빠졌던 것일까? — 보였다.

　역경도 겪었고 철학적이기도 한 털북숭이 인간 같은 동물에게도 씁쓸한 순간이었다. 다른 고양이가 벌써 자리를 차지했다니! 작은 배나무, 꽃밭의 멋지게 부드러운 흙, 무엇보다 다정한 목소리의 친절한 할머니가 다른 고양이 차지라니……. 털북숭이 인간은 이 완벽한 천국을 너무 늦게 발견했다.

　털북숭이 인간은 빨리 뛰어서 배나무에 올라갔다가 내려왔다. 그저 자신감을 얻으려는 달음박질이었고, 발톱을 갈려고 나무에서 멈추지도 않았다. 틀림없이 주방이 있을 뒷문 틈으로 불빛이 흘러나오고 있었다. 털북숭이 인간은 충동적으로 뒷문으로 달려갔다. 그러고는 가만가만 공손히 방충망 덧문을 살짝 긁었다. 아무 반응도 없었다. 알렉산더가 그리웠다. 알렉산더가 준 음식이라고는 멍청한 표정의 고양이 얼굴이 그려진 깡통에서 나온 지겨운 음식뿐이었지만, 그 기억도 싫지 않았다. 사실 털북숭이 인간은 굶주리고 지쳤다. 다시 살짝 문을 긁고 아주 공손히 야옹 하고 울었다. 털북숭이 인간의 절박한 마음을 생각하면, 불과 하루 전만 해도 털북숭이 인간이 거칠고 교활한 떠돌이 고양이였던 것을 생각하면, 아주 절제된 울음이었다. 베이컨 기름에 살짝 볶은 맛있는 양고기나 쇠간을 친절한 할머니가 지금 바로 먹기 좋은 크기로 잘게 썰고 있고, 특이하게 생긴 그 고양이가 앞발 하나를 치켜드는 상상을 했다. 정말이지 너무했다. 갑자기 감정이 최고조에 이른 털북숭이 인간은 자기도 모르게 완전히 새로운 노래, 직접 만든 노래를 부르고 있었다.

아주머니 문을
열어주세요
목마르고 배고파서 쓰러지는 저를
더 이상 그냥 두지 마세요
이 고아 고양이를
어여삐 봐주세요
제 야옹 소리에 귀를
열어주세요!

처음 한 노래 치고 나쁘지 않았다고 생각했다. 털북숭이 인간은 신사 고양이였으므로, 노래를 마친 뒤 심장은 아주 빨리 뛰고 있었지만 전혀 무관심한 척, 등을 돌리고

앉았다. 그러나 한쪽 귀는 몸을 따라서 돌아 있기를 거부하며, 조금 우아하지 못하게, 소리를 살피려 앞으로 돌아가 있었다. 너무도 확실하게, 문이 열렸다.

"이런."

썩 반기는 목소리가 아니었다.

"어디서 왔니? 배고프니?"

털북숭이 인간은 신사 고양이의 첫 번째 계명('사람이 부르더라도 근육 하나 움직이지 않아야 한다. 못 들은 척해야 한다')에 따라, 짐짓 심각한 척하며 다른 곳만 보았다.

"이제 네 집에 가거라."

목소리가 불친절하지는 않았다. 안타깝게도 그 순간, 스토브에서 싱싱한 대구를 굽는 냄새가 구름처럼 다가와 후광처럼 털북숭이 인간 주위를 감쌌다. 어쨌거나 털북숭이 인간은 아직 어린 고양이였고, 순식간에 나타난 이 기운은 그 어떤 규범이나 규율보다 강했다. 털북숭이 인간은 키르케의 품에 안긴 오디세우스처럼 말로 표현할 수 없는 대구 냄새에 이끌려 순식간에 주방에 들어가 있었다(모두가 알다시피 대구는 신성한 생선이므로 어쩌면 대구에 신비로운 힘이 있는지도 모른다). 자신도 어떻게 된 일인지 정말 알 수 없었다. 또한 안타깝게도 그 특이

한 고양이 앞으로 갑자기 뛰어든 셈이 되었다. 특이한 고양이는 성난 모습으로 털북숭이 인간에게 달려들었고, 네모난 계피색 작은 코 중에서도 가장 연약한 곳을 할퀴었다. 시를 읊을 때가 아니었다. 털북숭이 인간은 찢어지는 비명을 지르며 어둠 속으로 튀어나갔다.

"내 야옹 소리를 들어봐."

투덜투덜 혼잣말을 했다. 그러고는 아주 날카로운 소리로 계속 소리치며 걸어가는 바람에, 동네 전체가 들썩였다.

네 우유가 시큼해지기를
네 생선 맛이 형편없어지고
네 고기가 이상해 보이기를
바로 이 순간부터
네 파란 눈이 흐릿해지기를
네 온몸에 옴이 오르기를

그 저주가 썩 마음에 들어서 계속하며, 후렴구를 시험 삼아 조금씩 바꾸기도 했다. 노래에 마음이 흡족해져서 어느새 배고프고 외로운 것도 잊었고, 어느 식료품점 바깥에 놓인 바구니 속 향긋한 대팻밥 위에서 몸을 말고서 화가 다 풀린 채 잠들었다.

• 제2장 •

모험

 이른 아침, 털북숭이 인간은 아직도 몸을 둥글게 말고 있었다. 코까지 앞발로 가려서 빈틈 하나 없이 따뜻하게 몸을 만 채, 귀엽게 까불거리는 쥐를 쫓는 달콤한 꿈을 꾸다가 지독히 시끄러운 소리에 잠에서 깨어났다. 집 대여섯 채가 무너지고 거인이 집 안에 있던 도자기 그릇과 냄비들을 마구 휘젓는 듯한, 엄청나게 큰 소리였다.

 털북숭이 인간은 눈도 뜨지 않은 채 뛰어올라서 식료품점 뒤로 몸을 숨겼다. 풀로 붙인 듯한 눈을 간신히 뜬 뒤에 이 세상에 남아 있는 것이 있기나 한지 보려고 가만가만 뒷걸음쳤다. 바로 그때, 쾅 하는 시끄러운 소리가 또 한 번 울렸다. 이번에는 다행히 눈을 뜨고 있었고, 이

지진이 그저 청소부가 쓰레기통을 치우는 소리란 걸 알게 되었다. 그래서 방금 심하게 겁먹은 신사 고양이가 그러하듯(두 번째 계명 : '겁먹었을 때에도 심심하다는 표정을 지어야 한다') 꼿꼿이 몸을 세우고 앉은 뒤 꼼짝 않고 마음을 가라앉히는 요가를 했다. 요가란, 발을 몸 밑에 감추고 아무 생각도 하지 않는 것이다. 꽤 힘든 일이다.

지난밤 일들에, 잠자리가 이제 청소부 트럭으로 사라져서 쓰레기장으로 가고 있다는 사실에, 차가운 잿빛 아침 햇살에, 그 끔찍한 파란 눈의 고양이가 바로 이 순간 틀림없이 성대한 아침을 먹고 있을 것이라는 생각에, 털북숭이 인간은 아주 우울해졌다. 주저하며 한 발을 들어 올린 뒤 골똘히 바라보다가, 모든 결정을 잠시 뒤로 미루고 발을 닦는 데 완전히 열중했다. 신사 고양이는 아침에 무엇보다 우선, 자기 옷이 더할 나위 없이 촉촉하게 잘 다려져 있는지, 앞가슴에 흠 잡을 데가 없는지 확인해야 한다. 다른 잡념이 없어지는 이 일에 열중하는 동안, 털북숭이 인간은 객관적이고 신중한 눈으로 자신을 되살폈다. 몸이 지나치게 마르고 꼬리가 약간 긴 것이 아닐까. 그래도 어쨌든 꼬리초리는 짧고 흰색이잖아. 그것은 꽤 돋보이는 개성이었다. 흰 앞가슴과 흰 발끝이 반드르르한 호랑이 무늬 털과 썩 잘 어울리며 가슴에 있는 검은색 넓은 띠가 런던 시장市長의 회중시계 줄처럼 돋보인다는 데에 반기를 들 사람은 아무도 없을 듯했다. 동네에서 가장 잘생긴 고양이는 아니더라도 한 무리의 고양이들 사이에서는 분명 두드러져 보인다고 스스로를 타일렀다. 그리고 수염도 대충 한 번 핥는 데 그치지 않고 더 정성을 쏟았다. 사실 그날 아침 오른쪽 앞발을 적셔서 얼굴을 적어도 쉰 번은 문질렀고, 그래서 혀가 아주 피곤했다.

씻기를 멈추고, 먼저 두 앞다리를 쭉 편 뒤 뒷다리도 쭉 펴서 평소보다 훨씬 길어 보이는 모습으로 가만히 쉬고 있을 때, 커다란 검정 차가 나타났다. 식료품상이 차에서 내리더니, 식료품점 문에 달린 갖가지 자물쇠를 신나게 열기 시작했다. 털북숭이 인간은 그 광경을 보자마자 우유를 떠올렸다. 작은 치즈 조각과 햄버거도 혹시나 하며 떠올렸다. 그러고는 문틀에 몸을 비비고, 꼬리를 깃발처럼 꼿꼿이 치세운 채 안으로 들어가며, 식료품상을 향해 온몸으로 궁핍한 처지를 드러냈다. '정말 고맙습니다. 안녕하세요?' 라고.

식료품상이 말했다.

"전에 본 적이 없는 것 같은데, 그렇지? 배고프니?"

몸 안에서 크고 낮은 가르랑 소리가 우러났다. 기분 좋은 느낌이었다. 떠돌이 고양이로 지내는 동안에는 잠잘 때에만 가르랑거렸는데, 이제는 즐거움에 작은 스토브 같은 소리를 내기 시작했다. 그 가르랑거리는 힘에 털 한 올 한 올이 떨리는 것도 느껴졌다. 몸을 살짝 살랑대며 앉은 다음, 고개를 들어서 순수한 희망을 담아 식료품상의 얼굴을 보았다. 물론 식료품상은 고상함을 전혀 찾아볼 수 없는 단순하고 살찐 남자로, 제 눈앞에서 세련된 기쁨의 절정을 보면서도 이해하지 못했다. 그러나 그 미묘한 느낌을 이해하지 못하더라도 눈에 드러나는 요점은 아는 것 같았다. 아주 순식간에 우유를 접시에 따라 내려놓고 그 옆에 신문지를 깐 뒤, 언제 만든 것인지 알 수 없는 햄버거를 놓았다. 털북숭이 인간은 우유 접시로 다가가서 잠시 냄새를 맡은 다음, 꼬리로 몸을 감싸고 앞발을 한데 모은 채 딱 자리를 잡고 앉았다. 우유 접시가 비자 기대에 부풀어서 햄버거로 옮겼다. 이런, 신사 고양이가 먹을 만한 음식이 아니었다. 배가 무척 고팠음에도, 아주 당당하게 몸을 일으킨 뒤 못 먹을 그 음식이 다시는 눈에 띄지 않게 덮으려는 듯 신문을 긁었다.

"보기보다 배가 안 고픈가 보네."

식료품상이 냉정하게 말했다.

정착할 집을 찾기로 마음먹은 바로 그날로 꼭 맞는 곳을 발견하게 되리라고는 기대하지 않았고, 모든 것을 고려할 때, 살 집을 찾는 동안 이 식료품점을 베이스캠프로 삼으면 좋을 듯했다. 그래서 털북숭이 인간은 마치 평소에도 늘 그랬던 듯이 행동했다. 즉 이제는 뉴스를 들을 때라는 듯이, 커다란 유리창 창틀 위로 뛰어올라 앞발을 몸 아래 묻은 채 편안하게 자리를 잡고 앉아, 세상일이 어떻게 돌아가는지 살폈다. 영리한 고양이라면 아침 이맘때는 개들의 차지라는 것을 잘 알고 있으며, 대개는 실내에 앉아서 밖을 내다본다. 이런 식으로 새 소식을 듣는 것은 아주 즐거운 일이었다.

털북숭이 인간은 세인트버나드가 지나가고 뒤이어 푸들이 번개처럼 스쳐갈 때, 눈을 크게 떴다. 그러나 한나가 시야에 들어오자, 정신을 못 차릴 만큼 흥분해서 유리창에 코를 붙였다. 한나는 알렉산더 가에 살았기 때문이다. 한나는 날마다 긴 거리를 이 끝에서 저 끝까지 달리며 흥분하여 크게 짖어서 아침 뉴스를 알렸고, 그래서 '시끄러운 개'로 유명했다. 지나치게 살찐 비글로, 털북숭이 인간은 자신이 아주 여위었으므로 다른 살찐 존재들을 역겹게 여겼다. 살이 찌면 우아하지 못하다. 털북숭이 인간은 한나가 집에서 그렇게 멀리 나와 있는 것을 보고 놀랐다. 한나가 무엇을 하는 걸까? 한나가 창가에 서 있다가 털북숭이 인간을 알아본 것 같았다. 정말이지 아주 시끄럽게 짖었기 때문이다. 큰 소리에 기분이 상한 털북숭이 인간은 몸을 뒤로 빼고 등을 돌렸다. 털북숭이 인간이 주의를 기울이고 있다는 표시는 등뼈를 따라서 살짝 뻗친 털들뿐이었다(털이 뻗치는 것까지는 털북숭이 인간 스스로도 어찌할 수 없었지만, 시끄러운 소식통인 한나는 그런 모습을 알아차리지도 못했다). 길고 가는 꼬리가 갑자기 커다랗게 부풀기도 했다.

털북숭이 인간은 한나의 말을 듣지 않으려고 애쓰고 그 목소리에 신경 쓰지 않는 척하려고 애쓰는 데 너무 열중한 나머지, 식료품점에 손님이 들어오는 것도 미처 알아차리지 못했다.

"안녕하세요, 시버 부인. 일찍 나오셨네요."

식료품점 주인은 식료품상들이 흔히 쓰곤 하는 짐짓 반가운 척하는 목소리로 말했다. 털북숭이 인간은 그 목소리를 듣자마자 알 수 있었는데, 사람들이 고양이를 좋아하지 않으면서도 "예쁜 고양이네"라고 말할 때 쓰는 목소리였기 때문이다.

"커피가 떨어졌어요."

시버 부인이 선반에서 커피 봉투를 집으며 말했다.

"이것 좀 갈아주세요. 퍼컬레이터^{끓는 물이 관으로 올라가서 커피를 추출하는 원두커피 기구}에 쓸 굵기로……."

시버 부인은 말을 다 마치기도 전에 털북숭이 인간을 보았다. 털북숭이 인간은 털 한 올 한 올을 햇빛에 반짝이며, 한나 때문에 화나서 꼬리가 보기 좋게 커진 채, 초록 눈동자에 뚜렷한 관심을 담고 부인을 바라보며 위풍당당하게 앉아 있었다. 부인이 나지막이 말했다.

"어머나아아아, 예쁜 고양이를 키우시네요."

부인은 털북숭이 인간이 지능이 낮거나 태어난 지 몇 주밖에 안 되기라도 한 듯이 혀짤배기소리로 물었다.

"나비야, 어디서 왔니?"

시버 부인은 몸을 숙여서 털북숭이 인간의 턱 아래를 긁었다. 신사 고양이라면 그런 관심에 저항할 수 없다. 털북숭이 인간은 일어나서 등을 둥글게 세우고 부인에게 정중히 고마움을 표시했다.

"여기가 제 집인 양 문밖에서 기다리고 있더군요. 배가 고픈 것도 아닌 것 같던데."

식료품점 주인은 눈도 깜짝 안 하고 거짓말을 했다.

부인은 둥글게 솟은 털북숭이 인간의 등을 쓰다듬었다. 고아에게는 큰 위안이 되는 손길이었다.

"으음."

부인은 바닷가재가 놓인 저녁 식탁을 감상하기라도 하듯 털북숭이 인간에게 속삭였다.

"나는 고양이를 좋아한단다."

털북숭이 인간이 그 목소리에서 식인종을 만난 듯한 경계심을 느꼈어야 하지 않겠느냐고? 하지만 털북숭이 인간은 아직 어리고, 사람에게서 사랑을 받은 경험이 없었다. 게다가 배가 몹시 고팠다. 속에서 다시 흥분이 솟구치기 시작했고, 투명한 즐거움에 휩싸여, 자기도 모르게, 가르랑거리며 앞발 하나를 허공에 쳐들고 손톱을 냈다가 집어넣었다가, 또 냈다가 집어넣었다가 했다.

"저것 좀 봐. 정말 귀엽다!"

부인이 중얼거린 뒤 식료품점 주인에게 물었다.

"혹시 저한테 주실 수 없나요?"

"어차피 제 고양이도 아니니, 마음에 들면 가져가세요."

털북숭이 인간에게는 그 제안을 살필 시간도, 말참견할 시간도 없었다. 어떻게 된 일인지 알아차리기도 전에, 털북숭이 인간은 허공에 들려서 부인의 팔에 불편하게 안겼다. 털북숭이 인간이 몸부림쳤지만, 부인은 한 손을 털북숭이 인간의 코에 대고 말했다.

"어머, 안 돼. 못 나가."

털북숭이 인간은 생각했다. 아주 잘됐네, 어디 한번 지켜보자. 어쩌면 다락방과 지하실이 있고 깔끔한 꽃밭과 좋은 흙이 있는 정원이 딸린 아담한 집에서 살고 있을지도 모르지. 날마다 점심으로 바닷가재를 먹을지도 몰라. 털북숭이 인간은 아무 소리도 내지 않았다. 그러나 기대감으로 눈은 아주 커졌고, 부인의 팔 아래로 늘어진 긴 꼬리는 흥분에 앞뒤로 씰룩거렸다.

털북숭이 인간은 어디로 가고 있는지 보려고 밖으로 몸을 뺐다. 정원이 있는 작고 예쁜 집을 지날 때 귀가 쫑긋 섰다. 그러나 그 집은 그냥 지나쳤다. 부인이 거대한 벽돌 아파트 건물 앞에서 몸을 돌리자, 털북숭이 인간은 불안한 마음에 반쯤 뛰어내리려 했다. 그러나 이미 너무 늦었다. 부인의 무르고 맹한 얼굴을 올려다보는 털북숭이 인간의 눈에는 경계심이 가득했다. 부인이 갑자기 간

수가 되었기 때문이다. 그러나 털북숭이 인간은 정말로 아침밥이 간절했고, 아침을 먹은 뒤에 몰래 빠져나가면 될 듯했다. 부인이 마침내 좁고 어두운 복도에 털북숭이 인간을 내려놓았을 때, 털북숭이 인간은 스스로를 그렇게 타이르고 있었다.

• 제3장 •

탈출

 털북숭이 인간이 고개를 들자 갖가지 냄새들이 이어졌다. 잡동사니가 가득한 비좁은 아파트에서 나는 냄새, 지나치게 난방을 많이 한 라디에이터 냄새, 싸구려 향수 냄새, 탤컴파우더 냄새, 어제 먹은 베이컨 냄새. 끔찍한 냄새들이었다. 털북숭이 인간은 가만히 서 있었다. 놀란 나머지 꼬리가 몸 뒤로 몸과 나란히 쭉 뻗쳤다. 역겨운 냄새에 코가 약간 떨렸다. 털북숭이 인간은 재빨리 뒤를 힐끔 보았다. 문이 꽉 닫혀 있었다. 탈출 불가.

 한편 부인은 털북숭이 인간을 내려놓은 뒤로 잠시도 입을 다물지 않았다. 주방에서 수돗물을 틀고 달가닥거리며 그릇들을 씻는 동안에도 계속 말을 했다 고양이를 얼마나 좋아하는지, 털북숭이 인간이 얼마나 마음에 들었는지, 털북숭이 인간에게 아침밥으로 무엇을 줄 것인지, 말하고 또 말했다(심하기가 한나 못지않았다). 털북숭이 인간은 그 말에 귀를 기울이고 있을 수 없었다. 무엇보다 우선, 아파트를 탐험하고 탈출할 길이 있는지 살펴야 했다. 이 벽에서 저 벽까지 뻗어 있는 더러운 분홍색 카펫을 한 치도 남김없이 코로 확인하며 냄새를 맡았다. 카펫 가장자리 밑에 곰팡이 슨 빵 부스러기들이 숨어 있는 것을 금방 알 수 있었다. 이렇게 물건이 많은 인간의 집은 본 적이 없었다. 아직 3분의 1밖에 보지 않았지만, 양치류 식물 화분 세 개가 놓인 분받침에 부딪힐 뻔했으며, 녹색 벨벳 안락의자의 질을 확인하려고(발톱을 갈 목적으로) 앞발을 들고 서기도 했으며, 작은 비단 베개들이 거의 다 뒤덮고 있고 고양이 인형이 놓인 것이 무엇보다 눈에 띄는 침대도 흘긋 보았다.

그때 부인이 갑자기 털북숭이 인간의 등을 움켜잡고 수치스럽게 마구 잡아당겼다. 끌려간 곳은 주방이었다. 스크램블드에그와 베이컨이 담긴 접시 앞에 앉혔다. 자, 신사 고양이라면 음식 앞에 덮어놓고 앉지 않는다. 아무리 배가 고파도 서두르지 않고 멀리서 천천히 다가가야 한다. 멀리서 냄새를 맡고 적어도 1미터 앞에서는 등급을 매겨야 한다. '좋음', '괜찮음', '보통', '형편없음'. '좋음'으로 판단되면 웅크리듯 몸을 낮추고 꼬리를 말며 아주 천천히 접근한 뒤 한입을 먹는다. '괜찮음'이면, 웅크리듯 몸을 낮추지만 꼬리는 뒤로 감추고 바닥을 따라서 몸을 쭉 뻗는다. 그저 '보통'이면, 서서 먹는다. '형편없음'이면, 음식 위에 흙을 덮는 척해야 한다.

　털북숭이 인간은 음식을 보기도 전에 뒷걸음질했다. 흥분으로 곤두선 털을 정리하며 매무새를 가다듬었다. 그런 뒤, 아주 조심스레 베이컨을 하나씩 골라내서 먹으며 적당히 즐거워했다. 스크램블드에그는 '형편없음'으로 평가해서 접시에 남겼다. 털북숭이 인간은 '형편없음' 등급의 음식에 늘 하던 대로 했을 뿐이지만, 부인은 그 모습을 보더니 손뼉을 치고 좋아하며 어쩜 그렇게 영리하냐고 말했다(부인은 아는 게 너무 없었다!). 부인은 털북숭이 인간처럼 예쁜 것은 난생처음 보았다면서 점심에는 게살 통조림을 주겠다는 말도 했다.

　그런 다음, 부인은 털북숭이 인간을 들어서 제 무릎에 앉히려 했다. 어리석은 여자! 한데에서 밤을 보낸 신사 고양이에게 작은 베이컨 조각들은 배부른 한 끼가 못 되었지만, 그래도 신사 고양이라면 먹은 뒤 15분 동안은 혼자서 명상을 해야 했다. 털북숭이 인간은 즉시 뛰어내려서 가능한 한 멀리 갔다. 수선화인지 장미인지(털북숭이 인간은 정확히 알 수 없었다) 싸구려 향수 냄새 때문에 몸이 아플 지경이었다. 가장 멀리 갈 수 있는 곳은 침대 밑이었다. 거기 잠시 숨어서 몸에 묻은 음식을 핥았다. 수염이 조금이라도 지저분하거나 번들거리는 것은 신사 고양이로서 참을 수 없는 일이었다. 그러다가 엎드려 앉았다. 물론 편하게 몸을 바닥에 붙이고 앉은 것이 아니라, 웅크린 채 생각을 한 것이었다. 그 부인이 마음에 들지는 않았지만, 점심에 게살을 준다고 하지 않았나. 또한 지금으로는 탈출할 길을 어디서도 찾을 수 없었다. 여기서 한 가지 짚고 넘어갈 게 있다. 털북숭이 인간이 철학적인 동물이며 생각이 꽤 깊다는 점이다. 알렉산더를 떠나기로 마음먹기까지 반년을 기다렸으며, 정착하기로 결정하기까지는 2년이 걸렸다. 어쨌거나 여기 온 지는 30분밖에 되지 않았다. 때로 첫인상이 틀릴 때도 있다. 또한 털북숭이 인간은 사탕발림에 약했고, 부인은 칭찬을 아끼지 않았다. 털북숭이 인간은 부인의 눈에 전혀 띄지 않게 침대 밑에 숨어 있었지만, 부인은 여전히 털북숭이 인간을 두고 털북숭이 인간에게 이야기하고 있었다. 상황이 더 나빠질지도 몰랐다.

 부인은 털북숭이 인간이 눈에 띄자마자, 즉 손 닿는 곳에 나오자마자, 털북숭이 인간의 자존심 따위는 아랑곳없이 껴안고 키스할 것이 분명했다. 그것이 문제였다. 신사 고양이도 턱 밑을 부드럽게 긁어주면 썩 좋아할 때가 있다. 솜씨 좋게 턱을 만져주면, 신사 고양이도 그 뒤로는 부드럽게 쓰다듬는 손길에 몸을 맡기고 그 사람의 무릎에서 잠깐 낮잠을 자기도 한다. 그러나 인간 아기처럼 거꾸로 안기는 것은 좋아하지 않으며, 어르는 소리를 듣는 것도, 수선화나 장미 냄새 나는 가슴에 눌리는 것도 좋아하지 않는다. 털북숭이 인간은 부인의 지나치게 열렬한 애정 공세에 거세게 맞섰고, 기회를 틈타서 쓰레기통 뒤에 숨었다. 털북숭이 인간은 감방에 갇혔다. 너무도 분명했다. 게살 점심을 포기하는 한이 있어도 탈출해야 했다. 쓰레기통 뒤에서 털북숭이 인간은 실눈을 떴다. 발을 몸 아래 넣지 않고 똑바로 앉은 채 아주 빨리 생각했다. 생각을 하는 동안, 뒷발 하나를 살짝살짝 입으로 자근거렸다. 생각에 잠기면 온몸이 몹시 가려워진다. 이미 몸소 겪은 적이 있어서 잘 알고 있었다. 뒷발을 지근거린 다음에는, 입이 닿기 어려운 등을, 그 다음에는 앞발을 자근대야 했으며, 이어서 꽤나 열중해서 온몸을 핥았다. 탈출을 시도하기 전에는 몸을 깨끗이 해야 한다. 이건 갑자기 든 생각인데, 발톱도 날카롭게 갈아야 한다. 쓰레기통 뒤에 숨은 털북숭이 인간의 눈에 초록색 벨벳 안락의자가 보였다. 부인이 침실로 잠깐 모습을 감추자마자, 털북숭이 인간은 숨어 있던 곳에서 나와서 몸을 쭉 편 뒤, 의자로 차분하게 걸어가서 의자 위에 올라앉아 두툼한 벨벳에 발톱을 갈기 시작했다. 정말이지 발톱을 갈기에는 아주 좋은 장소였다.

"어머나!"

부인이 소리치며 덤벼들어서 털북숭이 인간을 집었다.

"말썽꾸러기 고양이 같으니. 당장 그만두지 못해?"

꽤 험하게 털북숭이 인간을 쥐흔들기까지 했다. 그날 아침에 견뎌야 했던 온갖 일에다 이런 일까지 생기자, 털북숭이 인간은 더 이상 참을 수 없었다. 몸을 돌려서 부인의 팔을 물었다. 아주 세게 물지는 않았다. 그저 부인이 얼떨결에 털북숭이 인간을 떨어뜨리고 날카로운 비명을 지를 정도로만 물었다.

"착한 고양이가 아니로구나."

부인은 그렇게 말한 뒤 울먹이기 시작했다.

"날 좋아하지 않아. 그렇지?"

그러나 그 마지막 말은 털북숭이 인간의 등에 닿았다. 털북숭이 인간은 문 앞에서 문을 향해 앉아 있었던 것이다. 문 앞에 아주 오래 앉아서 적당한 요가 동작을 하고 있으면 문이 열린다. 그것은 널리 알려진 사실이다. 유치하게 시끄러운 소리를 내지 않아도 된다. 네 번째 계명 : '신사 고양이는 극한 상황이 아니면 야옹 소리를 내지 않는다. 바라는 것을 자연스럽게 알린 다음 기다린다.' 그러므로 털북숭이 인간은 부인에게 등을 돌리고 앉아서 털북숭이 인간으로서 할 수 있는 온 힘을 다해 빌었다. 어찌나 집중했던지 수염이 약간 떨리기까지 했다. 한편 부인은 혼자서 중얼중얼 투덜투덜 말했다.

"아무도 날 좋아하지 않아."

그러나 털북숭이 인간은 그곳에서 도망치기를 어찌나 간절히 바랐던지, 수염이 더 심하게 떨리기만 했다. 이 감옥에 비하면 식료품점은 천국이었다. 이 아파트 지옥에서 빠져나갈 수만 있다면, 하루 묵은 햄버거도 먹을 수 있을 것 같았다. 집 안이 너무 심하게 더워서 온몸의 피부가 따끔거리기까지 했다. 그러나 털북숭이 인간은 마음을 다잡았다. 움직이면 안 된다. 핥아서도 안 되고, 자근거려도 안 된다. 털북숭이 인간은 점점, '나가고 싶다'는 바람만으로 똘똘 뭉친 존재가 되었다.

"내 팔자가 그렇지."

부인이 코를 풀면서 말했다. 털북숭이 인간은 초록색 눈으로 마지막으로 한 번 부인을 차갑게 바라보았다. 부인은 문을 열었다.

털북숭이 인간이 고마움을 표시하는 깃발처럼 꼬리를 꼿꼿이 치세우고 내려가자, 부인은 아래층까지 따라와서 정문을 열어주었다. 털북숭이 인간은 밖으로 튀어나가서 거리로 내달렸다. 한껏 즐거워하며 신선한 공기를 킁킁 들이마셨다. 느릅나무를 반쯤 올라갔다가, 누가 "신사 고양이는……"이라는 말을 꺼내기 전에 다시 내려왔다. 그런 다음, 꼬리를 돛대처럼 올리고 편안한 마음으로 거리를 어슬렁어슬렁 산책했다.

• 제4장 •

대구 요리

  털북숭이 인간은 배회하고 어슬렁거리고, 순회하고 떠돌아다녔다. 지금 있는 곳이 어디인지 정확히 알면서 다닌 적은 한 번도 없었다. 도로 가장자리에 왔을 때 역시, 그곳이 얼마나 위험한지 전혀 몰랐다. 끼익 하는 브레이크 소리, 엄청나게 많은 차들이 비뚤배뚤, 지그재그, 덜컹덜컹 지나가며 시끄럽게 빵빵거리는 소리. 자동차의 그런 굉음을 잠깐 마주한 뒤에야 몹시 위험하다는 사실을 깨달았다. 신경이 곤두섰다. 잠시 조용히 앉아 있을 만한 곳을 찾아다녔다. 피곤했다. 털북숭이 인간은 생각했다. 이제 잠깐 낮잠을 잘 시간이야. 눈을 붙이고 나면 점심 생각을 제대로 할 수 있겠지. 그러자 정말 하늘이

도왔는지, 털북숭이 인간은 자기도 모르는 사이 어느 집 앞에 서 있었다. 한쪽에 베란다가 있고, 베란다를 따라서 아주 적당한 난간이 이어져 있는 집이었다. 털북숭이 인간은 베란다로 한 번에 뛰어올랐다. 그 자리에 잠깐 앉아서 난간 기둥의 평평한 사각 꼭대기까지 거리를 계산한 뒤, 가볍게 몸을 휙 날려 기둥 꼭대기에 올라섰다. 이제 털북숭이 인간은 베란다 난간 기둥 위, 자신만을 위해서 내리쪼이는 듯한 한 줄기 햇살 아래, 안전하고 자유롭게 자리를 잡았다. 발을 몸 아래 묻고 눈을 감았다. 등에 닿은 햇빛이 어찌나 달콤하던지, 털북숭이 인간은 아주 부드럽게 노래를 부르기 시작했다. 이번에는 노래와 함께 가벼운 가르랑 소리도 흘러나왔다. 세상이 늘 이대로 변함없기를 바라는 트레몰로였다.

 털북숭이 인간은 한 시간쯤, 아니 어쩌면 두 시간쯤, 그 자리에 앉아서, 평화와 고요를 즐기며, 가정부를 찾는 신사 고양이로 탈바꿈한 뒤로 이틀 동안 조금은 정신없이 사느라 잃었던 원기를 되찾았다. 어찌나 깊이 평화와 고요에 빠져 있었는지, 바로 옆에 있는 창문이 위로 열릴 때에도 펄쩍 뛰어오르지 않았다. 그토록 맑은 오월 아침이 아니었거나 조금이라도 덜 피곤했다면 펄쩍 뛰어올랐을 털북숭이 인간이, 그 순간에는 그저 눈을 아주 크게 뜨고 창을 바라보기만 했다.

"여기 좀 봐. 베란다에 고양이가 있어."

집 안에서 목소리가 들렸다.

털북숭이 인간은 점잖게 가만히 앉아 있었다. 그 목소리가 꽤 낮고 다정해서 듣기 좋은 편이었기 때문이기도 하며, 칭찬이라면 늘 기꺼이 받으려 했기 때문이기도 하다. 곧이어 두 사람이 창밖으로 얼굴을 내밀더니 털북숭이 인간을 보았고, 털북숭이 인간도 그 사람들을 보았다.

다른 한 사람의 목소리가 들렸다.

"어머, 점심을 먹고 싶은가 봐."

털북숭이 인간은 그때 완전히 잠에서 깼다. 발끝으로 서서 기지개를 켰다. 꼬리를 위로 크고 둥글게 말아서 몸의 균형을 잡았다.

처음 목소리가 말했다.

"조금 말랐어. 어디서 왔는지 모르겠네. 전에는 못 본 것 같지?"

"점심으로 줄 만한 게 뭐가 있을까?"

두 번째 목소리가 말했다.

"남은 대구가 있어. 거기에 크림을 올리면 될 거야."

털북숭이 인간은 난간 기둥에서 몸을 돌리며 뒷발로 바닥을 쿵쿵쿵, 세 번 쳤다. 대구라는 말을 얼마나 좋아하는지 보여주려 했다.

"쟤 좀 봐."

첫 번째 목소리가 깔깔 웃었다.

"대구를 좋아한다고 말하는 건가 봐."

그런 뒤, 아주 뜻밖에도 창이 닫혔다. 털북숭이 인간은 생각했다. 이런, 내가 싫은 걸까? 털북숭이 인간은 처음으로 자기 외모를 진지하게 걱정하기 시작했다. 꼬리초리는 하얗게 잘 다듬어져 있나? 앞가슴은? 이런, 내가 싫은 걸까? 그러자 심장이 조금 빨리 뛰기 시작했다. 어쨌거나 털북숭이 인간은 지치고 배고팠으며 신경이 곤두서 있었다. 그래서 평소와 달리 경솔해졌다. 베란다로 뛰어내린 뒤, 땅으로 내려갔다. 그러고는 집 주변을 따라서 뒷문으로 갔다. 기대한 대로 뒤에는 정원이 있었고, 그 끝에는 배나무도 있었다. 발톱을 갈기에 아주 좋은 바지랑대도 있었다. 꽃밭을 곁눈질하지 않을 수 없었다. 땅을 잘 갈고 고른 꽃밭으로, 구멍을 파기에 딱 좋은 상태였다. 사실 예쁜 구멍을 만들고 싶다는 생각이 어찌나 간절했던지, 구멍을 하나 파지 않을 수 없었다.

구멍을 판 뒤 벌들이 모여 있는 붓꽃들을 보았다. 수염이 떨렸다. 도저히 참을 수 없어서 몸을 스프링처럼 단단히 오므리고 꼬리로 땅을 치다가, 자기도 모르는 새, 아무런 경계도 품지 않은 붓꽃을 향해 번개처럼 위로 뛰어올랐다가 내려앉았다. 붓꽃은 도망치지 않았지만 벌은 도망쳤다. 털북숭이 인간은 생각했다. 뭐, 봄에는 좀 흥분하는 것도 괜찮아. 하지만 이번 일은 아주 중요해. 그걸 잊으면 안 돼. 침착해야 해. 털북숭이 인간은 앉아서 집을 바라보았다.

보기만 해도 분명히 알 수 있었다. 베란다로 나 있는 창과 같은 입구와 출구가 아주 많을 것이다. 갇혔을 경우에도 안전하게 숨을 만한 곳이 있을 것이다. 게다가 정원과 집을 갖춘 가정부가 한 명도 아닌 두 명이나 있었다(특별한 행운이었다). 그러나 지난 하루 동안 희망이 얼마나 자주 꺾였나. 털북숭이 인간은 이번에는 신중하자고 스스로를 타일렀다. 그리고 자유로운 고양이로 지내는 생활에 대한 짧은 노래를 허밍으로 부르며 용기를 북돋웠다.

그런 다음 아주 천천히 걸으며, 가끔 멈춰서 뒷다리 하나를 쭉 뻗고 핥았다. 다섯 번째 계명이 떠올랐기 때문이

다. '목표물에 절대 서둘러 가지 않아야 한다. 마음속에 한 가지만 있는 듯이 보여서는 안 된다. 예의에 어긋난다.' 털북숭이 인간은 자신에게서 재미있는 일들을 늘 찾아냈다. 이번에도 뒷발 근육을 꽤나 즐겁게 자근거리고 있었다. 바로 그때, 뒷문이 열리는 소리가 들렸다. 털북숭이 인간은 스스로 타일렀다. 이제 신중해야 해. 그래서 계속 발을 자근댔고, 발끝을 펼쳐서 발바닥까지 꼼꼼하게 핥았다. 그러는 내내, 아주 친절한 목소리가 말을 계속했다.

"야옹아, 배고프니? 이리 와……."

그래서 마침내 털북숭이 인간은 망설이듯 꼬리를 물음표 모양으로 세운 채 다가가기 시작했다. 한 발 한 발 조심스레 들어서 천천히 움직이며, 내내 꿈꾸는 듯한 눈길로 여자의 손에 들린 접시를 바라보았다(그것까지는 자제할 길이 없었다). 그래도 필요하다고 생각한 시간 동안 뒷문 계단 발치에 가만히 앉아 있었다.

"자, 어서 와."

조금 투박하고 살짝 조급한 목소리였다. 더운 아파트의 끈적끈적한 부인에게서 탈출한 뒤였으므로, 그런 목소리에 오히려 더 마음이 놓였다.

그 말에 털북숭이 인간은 계단을 올라가서, 순식간에 주방으로 들어갔다. 속에서 가르랑 소리가 우러나기 시작했다. 코를 위로 치켜들고 꼬리를 깃발처럼 곧추세운 채 발끝으로 서서 몸을 빙글빙글 돌리며 크게 고맙다는 표시를 했다.

"너무 말랐어."

첫 번째 목소리가 말했다.

"썩 예쁘다는 말은 못하겠네."

두 번째 목소리가 말했다.

그러나 다행히도 털북숭이 인간은 듣고 있지 않았다. 세련되게 또 아주 신중하게 대구 냄새를 맡은 뒤, 편하게 자리를 잡았다. 꼬리를 몸에 감기까지 했다. 이제 드디어 신사 고양이가 먹을 만한 음식이 앞에 있었기 때문이다.

• 제5장 •

집이 생기다

 친절한 두 여자에게서 가장 특기할 만한 것은, 털북숭이 인간이 조용하게 밥을 먹을 수 있도록 두고 아무 말도 하지 않은 것이다. 두 여자는 옆방으로 가서 자기들끼리 이야기하고 털북숭이 인간을 혼자 둘 줄 알 만큼 지혜로웠다. 지난 며칠 동안 사람들은 털북숭이 인간을 너무 심하게 아래위로 훑어보고, 평가하고, 안고, 쥐어짰다. 이제 털북숭이 인간은 이래라 저래라 간섭을 받지 않고 방해도 전혀 받지 않으며 맛있는 음식을 음미할 수 있게 되어서 더할 수 없이 고마웠다. 부스러기 하나까지 남김없이 다 먹고 접시를 몇 번이나 핥은 뒤(음식이 값진 것으로 평가되면, 여섯 번째 계명은 '그릇을 깨끗하게, 설거지한 것처럼 보일 만큼 깨끗하게 비울 것'이다) 몸을 일으켜 앉아서 몸에 묻은 음식을 핥았다. 스무 번, 아니, 스물다섯 번, 아니 어쩌면 쉰 번쯤, 몸을 핥았다. 얼굴이 아주 깨끗해질 때까지, 산딸기색 혀로 수염 하나하나를 열심히 핥았다. 그런 다음 앞발을 핥아서 잘 젖은 앞발 털로 얼굴을 살살 문지른 뒤, 귀도 문질렀다. 이 일을 다 마치기까지 시간이 꽤 걸렸다. 몸을 닦는 동안, 털북숭이 인간의 귀에는 옆방에서 소곤소곤 속삭이는 소리가 계속 들렸다. 몸 닦기를 멈춘 뒤 곧이어 한 발을 허공에 올려서 한 바퀴 돌리고, 사람이 세면대에서 머리를 감은 직후에 하듯 고개를 좌우로 흔든 뒤, 조심스럽게 집 안을 돌아다니기 시작했다.

두 사람 중 털북숭이 인간의 마음에 더 든 목소리의 주인공이 말했다.

"편하게 있으렴. 한번 돌아봐."

털북숭이 인간은 두 사람에게, 자신이 구경만 하는 것이며 지금은 쥐를 잡을 생각이 없음을, 그저 둘러보는 것이며 이쪽이든 저쪽이든 마음을 정하지는 않을 것임을 확실히 알리려고 꼬리를 곧추세웠다. 집은 꽤 크고, 멋지고 어둑어둑하고, 놀 수 있는 긴 복도가 있고, 잠잘 곳이 적어도 세 곳은 있었다. 침대를 더 바랐지만, 일단 커다랗고 편안한 안락의자도 괜찮을 것 같았다. 그러나 성급해서는 안 된다고 다시 한 번 스스로를 타일렀다. 그때 들어선 곳은 조금 작은 방이었다. 책들로 둘러싸인 방에 커다란 책상 하나가 놓여 있었다(정말 멋진 일이었다). 매끈하고 단단한 표면에 몸을 완전히 쭉 펴는 것(털북숭이 인간은 몸이 꽤 길었다)은 신사 고양이가 가장 좋아하는 일이었다. 바닥은 지저분하기도 하고 오래된 부스러기들 냄새도 나지만, 종이들이 어질러진 책상은 아주 좋다. 털북숭이 인간은 가르랑 소리가 꼭 필요한 노래 반주처럼 가볍고 우아하게 목에서 솟아나는 것을 느꼈다.

두 여자 중 누구도 아직 털북숭이 인간을 건드리지 않았다. 털북숭이 인간은 그것을 이해의 표시로 느꼈다. 두 사람은 훌륭한 점심을 내주었고, 편안히 집을 둘러보게 두기도 했다. 이제 털북숭이 인간은 두 여자가 어떤 사람들인지 꽤 궁금했다. 고양이는 자신을 쓰다듬는 사람의 손길에서 그 사람에 대해서 정말이지 많은 것을 알아낸다. 식탁으로 다가가면서 털북숭이 인간의 심장은 조금 빨리 뛰고 있었다. 두 여자 중 한 사람은 담배 연기에 가려서 거의 보이지 않았다. 목소리가 무뚝뚝한 편인 사람

이었다. 털북숭이 인간은 담배 연기를 좋아하지 않았기에 다른 한 사람에게 곧장 갔다. 눈을 크게 뜨고 앞을 똑바로 보면서 다가간 뒤, 가르랑거렸다.

"이런, 귀여운 것, 낮잠 자고 싶니?"

'다정한 목소리'가 아주 정중하게 물었다. 여자는 손을 뻗어서 털북숭이 인간을 집지는 않았다. 앞으로 몸을 숙이고, 손가락 하나로 털북숭이 인간의 머리와 등을 어루만졌다. 그런 뒤, 더할 수 없이 만족스럽게 귀 뒤를 긁어주었다. 베이스 드럼을 아주 가볍게 두드리는 듯한 가르랑 소리가 흘러나왔다. 털북숭이 인간은 즐거움에 휩싸였다. 그 많은 일들을 겪은 끝에 이렇게 솜씨 좋은 대접을 받으니 말할 수 없이 좋았다. 털북숭이 인간은 자기도 모르는 사이 그 무릎으로 기꺼이 뛰어올라서 치대기 시작했다. 앞서도 말했지만, 털북숭이 인간은 아주 어린 고양이일 적, 귀도 펴지지 않은 새끼 고양이일 적에 엄마를 잃었지만, 이 여자의 무릎에 뛰어올랐을 때, 엄마에게 그렇게 몸을 치댔던 기억이 희미하게 떠오르는 듯했다. 그리고 앞발을 불가사리처럼 펼쳤다가 오므렸다가, 오므렸다가 펼쳤다가 했다.

"우리 집에 살면 좋겠다. 빗톱이 조금 날카롭네."

다정한 목소리가 말했다.

그러나 털북숭이 인간은 집을 구했다는 흥분에 멍한 상태여서 그 말은 못 들었다. 몸을 치대면서 노래를 하나 만들었고, 노래를 만드는 동안, 몸에 난 털 한 올 한 올이 모두 찌릿찌릿하며 빛이 나는 것 같은 기분을 느꼈다. 마침내 털북숭이 인간은 아주 행복했다.

"정말로 조금 살이 찐 것 같아. 아주 배가 고팠나 봐."
'무뚝뚝한 목소리'가 말했다.

털북숭이 인간은 눈을 감고 새로 만든 노래를 불렀다.

고맙습니다, 고맙습니다
정말 고맙습니다
다정한 목소리,
인간 어머니,
섬세한 분위기에,
재치 있는 행동에,
다정하고 부드러운 그 손길에,
정말 고맙습니다

마지막 행은 거의 알아들을 수 없었다. 너무 졸렸기 때문이다. 가르랑거리며 갑자기 몸을 완전히 무릎에 기댄 채 한쪽 발로 코를 가리고, 평온하게 몸을 돌돌 말았다.

얼마나 고요히 잤는지 모른다. 그러나 털북숭이 인간이 시끌벅적하고 꿈을 깨는 생활을 해온 것을 잊지 말아야 한다. 자면서도 코가 씰룩거리고 발이 씰룩거렸다. 꽉 붙잡혀서 숨이 막히는 꿈을 꾸었기 때문이다. 그러다가 미처 잠에서 깨지도 눈을 뜨지도 못한 채, 몹시 긴장하여 포근한 무릎에서 뛰어내렸다.

털북숭이 인간은 자신을 엄하게 타일렀다. 모두 아주 좋지만 이번에는 조심해야 해. 알렉산더를 잊지 말자. 식료품점 주인을 잊지 말자. 갑갑한 아파트의 부인을 잊지 말자. 털북숭이 인간은 두 여자에게 이별의 표정을 보이지 않으려 힘겹게 애쓰고 품위를 최대한 지키며, 어둡고 긴 복도를 지나서 현관문으로 간 뒤 그 앞에 앉아서 문이 열리기를 기다렸다. 이내 발걸음 소리가 들렸지만, 털북숭이 인간은 고개를 돌리지 않았다. 속으로 말했다. 시간을 두고 생각해야 해. 가정부를 고를 때는 절대 성급하면 안 돼.

문이 열리자, 털북숭이 인간은 밖으로 나갔다. 계단을 내려가 달콤한 오일 오후 공기 속으로 니기먼서 또 스스로를 타일렀다. 절대 성급하면 안 돼. 그러나 그와 동시에, 그럴 의도는 정말 없이, 자기도 모르는 새 짧은 시를 지었고, 자신이 얼마나 괜찮은 신사 고양이인지 증명하려는 의도만으로 현관문 옆 느릅나무에 발톱을 갈고 느릅나무 위로 올라가면서, 그 시를 허밍으로 불렀다. 아주 짧고 달콤한 시였다.

동쪽과 서쪽 어디로 가도
집이 가장 좋다네

그리고 며칠 동안 오갔지만, 그럴 때마다 아주 이상하게도, 자기도 모르게 두 여자 집으로 돌아와 있었다. 그 여자들이 여전히 거기 살고 있는지 확인하고 싶었고, 이것 또한 고백하지 않을 수 없는데, 그 여자들이 저녁으로 무엇을 먹는지 알아보고 싶어서였다. 넷째 날에 비가 왔고, 날씨 덕분에 결론이 났다. 털북숭이 인간이 그 집에서 밤을 보낸 것이다. 이튿날 아침, 털북숭이 인간은 잘게 자른 비프스튜로 맛있는 아침을 조금 먹은 뒤에 얼굴을 씻고 있었다. 그때 마음을 정했다. 어쨌거나 신사 고양이가 밤을 보내는 것은 일종의 약속이었다. 털북숭이 인간은 발을 몸 아래 묻고 책상 위에 앉은 채, 문간에 서 있는 두 여자를 진지하게 바라보며 혼잣말을 했다. 내 가정부가 되어줄래? 그러면 내가 이 집의 고양이가 될게. 물론 두 여자는 기꺼이 그럴 마음이었다. 털북숭이 인간의 꼬리초리가 흰색이었기 때문이며, 털북숭이 인간이 무척 다양하게 가르랑 소리를 내고 허밍으로 노래를 불렀기 때문이며, 털북숭이 인간이 정말이지 아주 잘생겼기 때문이며, 두 여자가 아주 다정한 사람이었기 때문이다.

• 제6장 •

톰 존스가 되어
이름 없는 고양이와 싸우다

 털북숭이 인간은 고아인 것이 꺼림칙하기는 했지만, 어디서 누구와 살지 마음을 정하기 전까지는 자신에게 이름이 없다는 생각에 움츠러든 적이 없었다. 스스로를 떠돌이 고양이나 신사 고양이라고 생각하는 것만으로 충분했다. 그러나 어쨌든 이웃에는 떠돌이 고양이들이 많았고 신사 고양이도 아주 많았으므로, 다정한 목소리의 가정부가 홍차를 세 잔째 따르며 하는 말을 들었을 때, 털북숭이 인간은 기뻤다.

 "톰 존스라고 부르는 게 좋겠어. 어쨌든 업둥이니까, 헨리 필딩의 톰 존스야." 영국 작가 헨리 필딩의 1749년 작 『톰 존스The History of Tom Johns, a Foundling』는 업둥이 톰 존스를 주인공으로 한 작품이다.

"흔한 이름이지만, 영문학 역사에서는 특별하고 중요한 이름이지."

무뚝뚝한 목소리가 그렇게 대답하며 버터 바른 스콘_{과자 같은 둥근 빵으로, 주로 홍차에 곁들여 먹는다}을 조그맣게 뜯어서 털북숭이 인간에게 주었다. 털북숭이 인간은 아주 맛있게 먹었다.

털북숭이 인간만큼 두 가정부도 그 이름이 마음에 드는 것 같았다. 그 뒤로 털북숭이 인간은 집에 손님이 올 때마다 그 자리에 나가려고 애썼다. 손님들에게 공식적으로 소개되는 기쁨을 누리고 싶었기 때문이다. 다정한 목소리에게서 특별히 맛있는 아침밥을 받은 날, 보답으로 모퉁이까지 다정한 목소리를 따라갔는데, 어느 이웃이 "존스 씨도 오늘 아침에 안녕하신가요?"라고 묻는 소리를 듣고 기뻤다.

모퉁이에서 돌아올 때에는 자부심에 어찌나 흥분했던지, 불두화 수풀 뒤에서 이름 없는 회색 고양이가 비웃고 있는 것도 몰랐다. 사실, 그 이름 없는 고양이는 톰 존스의 세련된 외모와 확연한 나르시시즘이 아니꼬운 나머지 톰 존스의 콧대를 꺾으려고 밖으로 나왔다.

"네가 대단한 인물이라도 된 줄 알지?"

이름 없는 고양이가 비웃었다.

톰 존스는 그 자리에서 걸음을 멈추고 상황을 파악했다. 불두화 수풀은 베란다 바로 옆에 있었다. 저런 비열한 말은 들을 가치도 없어. 무례한 말은 못 들은 척하고 그냥 멀리 길을 돌아가야지. 당연히 질투심에 저러는 것이니 무시하는 게 가장 좋아. 이런 상황에서는 신사 고양이의 걸음이 더 고상하고 우아해진다. 다리가 평소보다 약간 꼿꼿해지며, 아주 느리고 진지하게 걷는다. 별안간 덤벼들어서 자긍심을 내동댕이칠 이름 없는 고양이로부터 받은 모욕을 무시하려면, 용기가 필요하다. 당연히 존스 씨는 자기 행동거지에 대해서 남에게 가르침을 받을 필요도 없었다. 다른 평범한 이름 없는 고양이라면 톰 존스의 느리고 세련되고 자신만만한 걸음걸이에 입을 다물었을 것이다. 그러나 이 이름 없는 고양이는 이웃집에 살고 있는 넬리라는 삼색 털 얼룩 고양이를 무척 사랑하고 있었고, 사랑에 넋이 나간 나머지, 남에게 조금이라도 무시를 당하면 참지 못했다. 이름 없는 고양이는 정말로 엄청난 분노에 사로잡힌 채 일어서서, 죽마를 탄 거인처럼 보이려는 듯이 다리를 꼿꼿이 세우고 톰 존스를 뒤쫓았다. 톰 존스도 그것을 느꼈지만, 뒤돌아보기란 신사 고양이에게 있을 수 없는 일이었다. 톰 존스는 계속 걸어갔고, 단 한 번 멈춰서 자기 다리를 자근거렸지만, 얼마나 무관심한지 과시하려는 행동일 뿐이었다.

"이런, 모르는 척하기는."

이름 없는 고양이가 그렇게 말하고 무례한 노래를 부르기 시작했다. 귀청을 찢는 날카로운 소리로 부른 그 노래는 정말이지 아주 거칠었다. 톰 존스는 시적 창작물이라면 자기에게 해롭게 쓰이는 것이라도 존중했으므로, 곧장 뒤돌아 몸을 낮춰 앉은 채 실눈을 지으며 이름 없는 고양이의 노래에 집중했다.

넌 키만 큰 말라깽이
넌 한심한 잡종
넌 스스로 멋쟁이
라고 생각하겠지만, 넌 하층
알나리깔나리
넌 버릇없는 응석받이
네 털은 이투성이
지금은 너한테 이름이 생겼지만
네가 고아 고양이였던 걸

모르는 사람이 없는걸

고아뿐 아니지

시궁창 거지였지

자 존스, 이제 조심해

내가 여기 왔어

네 뼈를 부러뜨리러!

물론 한참이 지나도 이름 없는 고양이가 실제로 덤벼들지는 않았다. 이름 없는 고양이와 톰 존스는 1미터쯤 거리를 두고 납작하게 엎드려서 가만히 움직이지 않은 채 적의를 주고받았다. 첫 노래는 정말 그저 시작일 뿐이었다. 톰 존스는 그 노래를 들으며 아무 소리도 내지 않았다. 그런 순간에 답가가 나오지 않으면 안 될 테니, 답가를 준비하느라 바빴기 때문이기도 하다. 그래도 '시궁창 거지'라는 말에는 분개해서 수염이 떨렸고, 낮게 으르렁거리기도 했다. 그것만 빼면 미동도 하지 않았다. 그런 뒤에 천천히, 꽤 부드러운 목소리로, 상대의 코를 납작하게 만들려는 경멸을 담아서, 답가를 불렀다.

네 그 한심한 각운은

시간 낭비야

잘난 체하는 네 시보다

형편없는 게 있을까

불쌍하게도 질투에 눈이 먼 게

너무나 분명하네

얼굴이나 닦지 그래

(남들 앞에 부끄럽네)

시는 그냥 나 같은 고양이에게

맡겨두게

뼈를 부러뜨리는 것도

이 무시무시한 존스 몫이고

앞 부분은 모두 단조로, 비꼬는 목소리로 불렀지만, 맨 끝의 '무시무시한 존스'에서는 격렬하고 날카롭게 소리를 높였다. 마지막 두 행은 썩 효과가 있었다. 소리를 높일 때 목덜미 털이 뻗쳐올랐고, 이것도 적에게 꽤 특별한 효과를 발휘했다. 이름 없는 고양이는 이제 배를 바닥에 바싹 붙이고 가능한 한 몸을 길게 늘여서 밝은 분홍빛 코를 톰 존스의 계피색 코 앞 2센티미터까지 바싹 붙였다. 그리더니 엄청난 자제력을 발휘해서 동작을 멈춘 뒤, 눈을 부릅뜨는 것으로 대답을 대신했다. 털이 곤두선 성난 얼굴, 그 위의 찢어진 두 귀, 회색 눈에서 번개처럼 튀어나오는 광폭한 경멸과 맞닥뜨리자, 톰 존스는 갑자기 진짜 싸움에 말려들었음을 깨달았다. 이제 되돌릴 수 없었다. 진지하게 울음소리를 내기 시작했다(전투에 나가는 스코틀랜드 군대가 연주하는 백파이프 소리 같았다). 말로 할 시간이 아주 빨리 끝나고 있다는 표시였다. 회색 고양이도 자기만의 방식으로 그런 울음소리를 낸 뒤, 쉭 소리도 한 번 냈다. 그 쉭 소리는 경고였다. 톰 존스가 허공으로 곧장 솟구치자, 회색 고양이는 홱 달려들었고, 두 고양이는 맞부딪쳐서 분노에 찬 소리를 지르며 물 수 있는 곳은 어디든 물었다. 회색 고양이가 톰 존스의 아랫입술을 물고 계속 매달렸다. 이번에는 두 고양이 다 서로에게 욕을 퍼부으며, 비명과 으르렁거림과 고통의 신음(톰 존스의 입술에서 피가 솟구치고 있었으며 부드러운 코도 발톱에 심하게 긁혔고, 회색 고양이는 목털이 몽땅 뽑힌 것 같았다)을 계속 내질렀으며, 듣기에도 무시무시했다. 그 시점에서는 누가 승자인지 판단할 수 없었고, 그 뒤로도 아무도 알 수 없을 것이었다.

바로 그때, 무뚝뚝한 목소리가 베란다에 나와서 양동

이로 물을 끼얹으며, 톰 존스의 목소리에 자기 목소리를 보태서 소리쳤다.

"썩 꺼져, 이 망할 고양이!"

회색 고양이는 얼굴에 물을 거의 다 맞은 채 거리로 밀려가서 아직도 으르렁거리며, 그런 불공평한 방법으로 싸움에서 이길 수 있는 신사 고양이들과 가정부들을 저주했다.

톰 존스는 어찌 된 일인지 알아차리기도 전에 베란다 위에 올라와 있었다. 옆집 담장 옆으로 휙 날아가는 회색 고양이의 꼬리초리만 눈에 흘깃 보였을 뿐이다. 이제 다 끝나고 나니, 솔직히 고백하자면, 톰 존스는 조금 떨렸다.

무뚝뚝한 목소리가 꽤 흥분한 목소리로 말했다.

"불쌍한 고양이. 이런, 흠뻑 젖었구나. 피까지 흐르잖아."

무뚝뚝한 목소리는 집으로 들어가서 깨끗하고 따뜻한 수건을 가져와 톰 존스를 아주 부드럽게 닦았다. 잠시 후, 톰 존스는 가정부들이 베란다에 놓아둔 캔버스 천 침대 아래에서 무척 지친 몸으로 누워 있었다. 캔버스 천 사이로 햇실이 느껴졌다. 찢어진 입을 한쪽 앞발 위에 놓고 눈을 감았다. 온몸이 아팠지만, 그래도 가슴과 목에서 솟아오르는 승리의 가르랑 소리가 사라지지는 않았다. 승리의 소리이자 감사의 소리이기도 했다. 다정하게 걱정하며 따뜻한 우유가 담긴 접시를 들고 오가는 누군가가 있다는 것이 감격스럽기까지 했다. 톰 존스는 생각했다. 이런 때에는 가정부가 있어야 해. 그러고는 잠이 들었다. 잠자면서도 코와 발은 가끔씩 씰룩거렸다.

• 제7장 •

'병원'이 뜻하는 것

다정한 목소리가 집에 왔을 때, 톰 존스는 여전히 캔버스 침대 아래 누워 있었다. 사실, 몸이 조금 아픈 듯했다.

"이런, 너무 심하네! 싸움할 때보다 그 뒤에 더 힘겹게 싸우고 있는 것 같아. 이 불쌍한 입 좀 봐. 흉터도 남겠는걸."

어쨌거나 썩 기운을 북돋우는 말은 아니었다. 톰 존스는 부끄러워서 눈을 계속 감고 있었다.

"병원에 데려가야 할까? 상처를 꿰매야 할지도 몰라."

무뚝뚝한 목소리가 말했다.

"옆집 고양이 때문이야. 넬리 말이야. 걔가 골칫덩이야. 이 주변 몇 킬로미터 반경에 있는 수고양이들이 죄다 넬리를 쫓아다닐 텐데, 톰 존스가 그 수고양이들이랑 다 싸워야 하잖아."

두 사람은 무척 화가 난 것 같았다. 저렇게 마음 약한 나이 든 가정부 둘이 무시무시한 존스를 받아들이기는 힘들겠지. 톰 존스는 그렇게 생각했다. 그렇지만 어쩌겠어? 품위 있는 존스 씨라도 불량배가 나타나서 그 품위 있는 얼굴 5센티미터 앞까지 코를 들이밀고 흔들면, 무시무시한 존스가 될밖에.

톰 존스는 이틀 동안 베란다에 누워서 이 모든 일들을 생각했다. 그리고 회복을 위한 특식을 먹었다. 최상급 참치도 있었고, 그레이비소스를 넣어 데운 로스트비프도 있었다. 목도 많이 말랐다. 그래서 따뜻한 우유를 예닐곱 접시나 마셨다. 이틀 낮밤을 보낸 뒤 마침내, 일어서서 창으로 뛰어오르고 푸근하게 있을 폭신한 곳을 찾아다닐 만큼 회복되었다.

침대 발치의 캐시미어 숄 위에 누워 있을 때, 톰 존스는 가정부들이 아직 자신을 크게 걱정하고 있는 것을 알 수 있었다. 톰 존스는 아마도 아직 완전히 회복되지 않았기 때문인지, 평소와 달리 가정부들에게 신경을 많이 썼다. 톰 존스가 보기에 두 사람은 무엇을 숨기며 꾸미고 있는 듯했다. 나이 든 두 가정부는 정말이지 좀 지나칠 만큼 마음을 썼다. 신사 고양이를 집에 들이기를 오랫동안 간절히 바라온 것을 염두에 두더라도, 확실히 지나쳤다. 톰 존스가 꽤 건강하다고 느끼기 시작하고 있었고 아랫입술은 아무 처치 없이도 저절로 아물고 있던 것을 생각하면, 두 사람은 '병원'이라는 말을 자주 쓰고 있었다. 값비싼 고급품인 것이 분명한 캐시미어 숄에서 톰 존스가 잠을 자도 아무 말 하지 않았다. 물론 이제는 톰 존스가 아주 당연한 듯 그 숄을 차지하고 있기도 했지만.

스스로를 존중할 줄 아는 고양이라면 그래야 하듯, 톰 존스도 자신이 직접 연관되지 않는 한 다른 사람의 일에 조금도 관심을 갖지 않았다. 그래서 자신을 받아들인 이 특이하고 다정한 두 사람의 사소한 일들에도 그다지 큰 관심을 기울이지 않았다. 그러나 이제 톰 존스는 요가 운동을 할 때, 즉 캐시미어 숄에 앉아서 발을 몸 아래 묻고 꼬리를 아주 세심하게 몸에 감은 뒤 꼬리초리를 뒷다리 굽은 곳 옆에서 똑바로 치올릴 때, 때로 요가에 집중하지 않고 두 사람을 생각하게 되었다.

속으로 물어보았다. 두 사람은 어떤 사람일까? 톰 존스는 다정한 목소리가 더 마음에 들었다. 처음 톰 존스의 귀를 사로잡은 목소리의 주인공이었고, 자신이 살 만한 집을, 자신에게 딱 맞는 보살핌을 찾아냈다고 확실히 느끼게 해준 것이 다정한 목소리의 손길이었기 때문이다. 다정한 목소리는 날마다 아주 한참 동안 집을 나가 있다가, 지쳐서 돌아왔다. 다정한 목소리가 없는 동안 다른 가정부는 가끔 완전히 넋을 놓고 있기도 했으며 톰 존스의 점심을 한두 번 잊기도 했다. 몇 시간이고 타자기 앞에 앉아서 손가락으로 메시지를 두드리고 있었기 때문이다. 그러나 누구에게 전하는 메시지인지 톰 존스로서는 알 수 없었다. 톰 존스는 친밀한 기분이 들 때면 책상 위에 앉아서 무뚝뚝한 목소리의 손가락을 잠시 지켜보다가 점심 식단은 무엇인지 잠깐 말을 걸었다. 때로 무뚝뚝한 목소리가 혼잣말을 할 때도 있었다. 그러면 톰 존스는 무뚝뚝한 목소리의 의자 옆에 앉아서 요가를 했다. 둘 다 굳이 이야기를 나누려 애쓰지 않았으므로 아주 편안했다. 사실 톰 존스는 무뚝뚝한 목소리가 한 번에 몇 시간씩 조용히 앉아 있을 때가 좋았다. 그럴 때면 톰 존스도 마음껏 집 안을 오갈 수 있었기 때문이다.

 톰 존스는 온갖 집안일들을 제대로 보살피느라 바빴다. 아침을 먹은 뒤에는 응접실로 뉴스를 들으러 갔다.

아침나절이 아니면 가까이 가지 않는 방이었다. 어쨌든 매일 아침 다정한 목소리가 집을 나설 준비를 하던 아홉 시쯤, 톰 존스는 응접실 앞쪽 창틀로 올라가서 책 더미 위에 앉은 뒤, 바깥세상에서 무슨 일이 벌어지는지 귀를 기울였다. 어떤 개들이 아침 산책을 갔는지, 어떤 개들이 방해가 되지 않고 안전한지, 이웃 고양이들 중 적은 누구고 동지는 누구인지 확인할 수 있었다. 한 시간쯤 뉴스를 들어야 할 때도 있었다. 뉴스를 듣고 나면 아침 먹은 것이 다 소화되었고, 아침 배변이라는 심각한 일을 시작할 준비가 되었다.

이 동네에는 재가 아주 많은 것 같았다. 그래서 발과 앞가슴과 꼬리 끝을 하얗고 깨끗하게 유지하는 것이 꽤 큰 문제였다. 톰 존스가 자랑하는 배털, 곰 인형 털처럼 부드러운 갈색 털을 깨끗이 다듬는 것 역시 큰일이었다. 그 다음에는 등에 있는 넓은 검정 줄무늬도 핥아야 했다. 마지막으로, 혀가 몹시 피곤할 때도 많았지만, 수염을 깨끗이 하고, 눈곱을 떼고, 귀 뒤를 특히 세게 문질렀다. 그런 뒤에는 아침 간식이 먹고 싶어졌다. 남은 아침밥으로 충분할 때도 있었다. 하지만 충분하지 않을 때도 있었다. 그러면 무뚝뚝한 목소리의 방으로 살며시 들어가서, 무뚝뚝한 목소리가 돌아볼 때까지 등을 노려보며 최면을 걸었다. 무뚝뚝한 목소리는 (아주 많은 메시지를 적은 뒤여서 자기도 아침 간식이 필요할 때면) 톰 존스와 함께 주방으로 가서 간식으로 먹을 만한 것이 남아 있는지 찾아보았다. 부스러기들이 앉은 작은 케이크 조각이나 마른 비스킷 한 조각이면 충분했다.

이때쯤이면 톰 존스도 아침 업무들에 지친 나머지 눈을 좀 붙이기로 마음먹기 마련이었다. 바로 그때, 한쪽 발로 코를 감싸기 직전에, 톰 존스는 두 가정부를 떠올리며 그 가정부들이 무슨 꿍꿍이셈을 꾸미고 있는지 생각했다. 두 사람에게 단점은 단 하나, 톰 존스가 싸울 때 양동이 물로 싸움을 갈라놓은 일뿐이었다. 품위 없는 방법이었다. 게다가 이제 존스 씨는 두 사람이 자신의 야외 활동과 이웃에서 존경받는 고양이가 되어야 하는 필요를 억누르기로 마음먹은 것이 아닐까 의심하게 되었다. 엄격한 서열 사회에 새로 들어온 이런 시기에는, 무섭고 격렬한 싸움을 많이 벌여서 자기 위치를 확보하는 일이 얼마나 중요한지 두 사람은 모를 것이다.

"그 녀석은 톰이야. 그건 어쩔 수 없는 일이야." 톰tom은 보통명사로 쓰일 때는 '수고양이'라는 뜻이다.

다정한 목소리가 세상에서 가장 좋은 일은 아니라는 듯 말했다. 그렇지만 톰 존스라는 이름을 누가 지었지? 바로 다정한 목소리 자신이잖아? 그런데 저게 무슨 말이야? 그렇게 생각한다면, 왜, 샘 존스나 티모시 존스라고 짓지? 새로 이름을 지으면서 심사숙고도 안 했단 말이야?

  털북숭이 인간은 상상도 못했지만, 그 두 사람은 털북숭이 인간의 성격을 바꾸는 일을 이야기하고 있었다. 털북숭이 인간의 이름이 아닌, 털북숭이 인간 자체를, 비폭력을 믿는 고양이로, 전투를 벌이고 적의 털을 갈기갈기 찢는 일을 영광 아닌 금기로 여길 퀘이커파 교도 고양이로 바꾸려고 의논하고 있었다. 두 사람은 '바꾼다' 라는 말을 '병원' 이라는 말로 바꿔서 대화했던 것이다. 톰 존스는 그 말이 위험한 것은 알았다. 두 사람이 그 말을 쓸 때, 거짓말을 하고 있어서 톰 존스에게 죄책감을 느끼는 듯, 톰 존스를 애처롭게 바라보며 로스트비프 조각을 더 주었기 때문이다.

• 제8장 •

힘든 시기를 겪다

 톰 존스는 뭔가 심상치 않은 일이 일어나리라는 의심을 이미 품고 있었지만, 그래도 실제로 일어난 일에 크게 놀랐다. 우선 베갯잇 안에 갇혔다. 베갯잇 주둥이는 톰 존스의 목에서 끈으로 묶여, 톰 존스의 얼굴만 밖으로 나와 있었다. 신사 고양이가 버둥대는 아기로 변했다. 물론 처음 느낀 본능은 탈출이었다(신사 고양이의 여덟 번째 계명 : '어떤 상황에서도 구속되지 않아야 한다'). 그래도 톰 존스는 아주 신중했고, 버둥거려도 전혀 얻을 게 없다는 사실을 깨달았다. 그래서 눈을 부릅뜬 채 가만히 있었다.
 털북숭이 인간은 자동차에 실렸다. 무뚝뚝한 목소리가

늘 운전하던 자동차에서는 무시무시한 소리가 나고 못마땅한 냄새가 풍겼다. 톰 존스는 불두화 수풀 뒤에서 무뚝뚝한 목소리가 차를 운전하고 나가는 모습을 자주 보았지만, 이제는 몸소 차에 타게 되었다. 베갯잇에 꽁꽁 묶인 채 앞자리 조수석, 다정한 목소리의 무릎에 놓였다. 자동차는 깜짝 놀랄 속도로 날아가기 시작했다. 곧이어 나무 한 그루, 집 한 채도 알아볼 수 없었다. 이쯤 되자 톰 존스는 너무 긴장해서 소리가 나오는 것을 참을 수 없었고, 갖가지 높낮이로 야옹 소리를 내며 싫은 기색을 내비치기 시작했다. 야옹 소리는 한 번으로 끝나지 않고, 계속되고 또 계속됐다.

그렇게 끔찍한 경험은 처음이었다. 끔찍하기가 비길 데 없었다. 그 답답한 여자와 비좁은 아파트에 갇힌 것보다도 심했다. 그때는 적어도 몸을 움직일 수는 있었다. 이름 없는 고아인 것보다도 심했다. 완벽한 정원과 집과 노파를 찾아냈는데 이미 다른 고양이가 살고 있는 것보다도 심했다. 지금은 너무 화가 나서 울부짖을 수밖에 없었다. 감정을 드러내지 않아야 하는 것도, 자긍심을 지켜야 하는 것도 깡그리 잊었다. 신사 고양이의 십계명은 모조리 떨쳤다. 톰 존스는 정말이지 공포에 사로잡혔다. 다

정한 목소리와 무뚝뚝한 목소리가 부드럽게 달래는 말도 귀에 들어오지 않았다. 톰 존스를 베갯잇에 넣어서 갓난아이로 만드는 모욕을 주고 어디인지도 모를 곳으로 데려가면서, 달래는 말 따위를 한들 무슨 소용이람? 톰 존스는 두 사람의 말에 귀를 기울일 수 없었고, 기울이려 하지도 않았다. 그저 울부짖기만 했다.

다행히도 털북숭이 인간은 훌륭한 동물답게 참을성이 아주 많았고, 병원에서도 이상한 일이 얼른 끝나기를 꾹 참고 기다렸다. 힘든 요가를 오래 계속해야 했고, 힘이 다 빠졌다. 어찌나 힘이 빠졌던지, 다정한 목소리가 마침내 톰 존스를 우리에서 꺼냈을 때, 톰 존스는 이제 구출된 것을 알면서도 아무 반응을 보일 수 없었다. 자동차를 타고 집으로 돌아오는 길, 톰 존스는 가끔 몇 마디 말을 했다. 자기에게 일어난 일을 크게 불평하는 소리였지만, 가르랑 소리는 낼 수 없었다. 어쩌면 가르랑거리는 법을 잊었는지도 모른다. 톰 존스는 가만히 누워서 입을 약간 벌린 채 계속 헐떡거렸다.

마침내 무뚝뚝한 목소리가 집 앞으로 차를 돌리고 문을 열었다. 톰 존스는 '자유의 몸'이 되었다(행복해! 이루 말할 수 없이 행복해!). 아주 작은 우리에 갇혀 있었기 때문에 조금 비틀거리다가, 코를 들고 신선한 공기를 들이마시며 기쁨에 휩싸였다. 흙과 풀과 수선화와 비 냄새가 풍기는 달콤한 봄날 바깥 공기였다. 옆으로 서 있던 꼬리가 망설이듯 아주 살며시 위로 올라갔다. 거리로 신나게 마구 달려갈 찰나, 심한 기침에 발이 묶였다. 아니, 지금은 집으로 들어가서 눕는 게 좋을 듯했다.

"얼굴이 뾰족해진 것 같아."

다정한 목소리가 애달픈 목소리로 말했다. 톰 존스의 등에 난 긴 검은 줄을 쓰다듬으며 중얼거렸다.

"가엾은 톰, 가엾은 고양이……."

톰 존스는 이 방 저 방으로 계속 다정한 목소리를 따라다녔다. 한참이 지난 뒤에야 마침내 다정한 목소리는 톰 존스가 잠을 자야 한다는 것을 알아차렸다. 다정한 목소리가 식탁 가까이에 있는 작은 안락의자로 톰 존스를 데려갔을 때, 톰 존스는 가르랑거리지 않으려고 꽤 애를 써야 했다. 그 안락의자 위에서 둥글게 몸을 만 뒤, 달고 따뜻한 낮잠을 잤다. 그런 다음 아주 가볍게 의자에 몸을 비비고, 집에 돌아온 것을 축하하는 노래를 불렀다. 그러나 너무 지친 채로 희미하게 부른 노래여서 그 뒤로 다시는 기억나지 않았다.

"저 기침이 걱정스러워."

이튿날 아침, 무뚝뚝한 목소리가 말했다. 맞는 말이었다. 톰 존스는 뒤뜰에 있는 배나무에 뛰어오르거나 근사한 구멍을 파는 등 정말 좋은 생각을 떠올렸지만, 그때마다 짜증스러운 기침에 꼼짝도 못하고 온몸을 덜덜 떨었다.

다정한 목소리가 말했다.

"몸이 아주 안 좋은가 봐. 어쩌나…… 그 끔찍한 병원에서……."

그러자 톰 존스는 살짝 몸이 떨리며 눕고 싶어졌다. '병원'이라는 말이 그만큼 두려웠다. 두 사람이 무슨 생각을 하든, 톰 존스는 이제 더 이상 이전의 자신이 아님을 잘 알고 있었다. 무시무시한 존스가 어떤 존재인지, 이름 없는 적의 털을 쥐어뜯는 것이 어떤 기분인지, 기억나지 않았다. 혀와 발이 닳도록 눈을 씻고 또 씻어도 눈은 맑아지지 않는 것 같았다. 더 나쁜 일도 있었다. 이내 톰 존스는 머리가 가려운 것이 단지 평범하게 '핥고 자근거릴 때'의 가려움이 아니라 그보다 훨씬 나쁜 것임을 깨닫게 되었다. 몸을 세게 깨물면, 입에 털이 묻어 나왔다. 며칠 뒤, 정수리와 귀 주변 곳곳에 털이 빠진 자리가 드러났다.

  털이 빠지기 시작하는 것은 고양이에게 몹시 수치스럽고 끔찍한 일이다. 톰 존스는 발을 몸 아래 묻고 앉아 있었다. 뉴스를 들을 기분도 나지 않았다. 한때 자부심에 가득 차서 보기에도 흥겨운 걸음(꼬리를 위로 곧추세우고 발을 우아하게 사뿐 쳐드는 걸음)을 걷던 톰 존스가 이제는 제 모습을 숨기고만 싶었으며 꼬리를 침울하고 자부심 없는 모양새로 뒤에 늘어뜨리고 아주 천천히 걸었다. 모습도 기분도 아주 비참해서, 식욕마저 완전히 잃었다. 그쯤 되면 가정부들도 알아차릴 것이라는, 앞으로 다시는 회복될 수 없어서 가정부들이 더는 자신을 돌보지 않을 것이라는 생각이 들었다. 톰 존스는 가정부들이 자기 정수리를 쓰다듬는 걸 얼마나 좋아했는지 잘 알고 있었는데, 이제는 쓰다듬을 털이 전혀 없었다. 가정부들이 자신의 커다란 초록 눈에 얼마나 감탄했는지도 잘 알고 있었다. 밤에는 근사하게 짙어지고 아침에는 근사하게 옅어지는 눈이었다. 이제 가정부들은 톰 존스를 보며 수치스러운 말을 했다.

  "가엾은 고양이, 이런 말은 하기 싫지만, 볼품없어진 것 같아."

하루는 무뚝뚝한 목소리가 말했다.

"전에 톰 존스를 몰랐던 사람이면 아무도 톰 존스를 좋아하지 않겠어. 그렇지만 우리는 톰 존스를 사랑해. 톰 존스를 포기할 수 없어."

무뚝뚝한 목소리는 병원 냄새가 나는 미끌미끌한 것이 담긴 기분 나쁜 유리병을 가져와서 하루에 두 번 톰 존스의 털에 발랐다. 이제 톰 존스는 그런 일에 신경 쓸 수 있는 지경을 넘어섰다. 우울에 아주 깊이 빠진 나머지 완전히 무기력해져서 무뚝뚝한 목소리가 하는 대로 두었다. 가르랑 소리를 내는 기관이 움질거렸지만, 가르랑거리자니 마음이 아팠다. 가르랑 소리가 순수한 시였고, 꼬리초리가 흰색인, 잘생긴 멋쟁이 신사 고양이였던 시절이 떠올랐기 때문이다. 톰 존스는 생각했다. 아, 비밀스러운 표정을 지어봐. 그래도 꼬리초리는 아직 흰색이잖아. 절망에 빠지면 안 돼.

날마다 하는 산책을 나갔을 때, 마주치는 고양이들로부터 받는 모욕도 참아야 했다. 싸움을 거는 노래가 멀리서 들리면 최대한 빨리 집으로 달려갔다. 톰 존스에게는 싸울 힘도 의지도 없었다. 그런데 한 가지 이상한 일이 있었다. 톰 존스는, 가정부들이 이제 그저 가정부가 아니며 자기 몸이 전혀 나아지지 않더라도 가정부들이 자신을 버리지 않으리라는 사실을 점차 깨닫게 된 것이다. 톰 존스는 틀림없이 안전했다. 두 가정부는 톰 존스의 반지르르한 호랑이 무늬 털 때문에 톰 존스를 사랑한 것이 아니었다. 흰 앞가슴이나 흰 발 때문에 사랑한 것도 아니었다. 멋진 초록색 눈 때문도 아니었다. 흰 꼬리초리 때문도 아니었다. 아니, 아니었다. 두 사람은 톰 존스가 톰 존스이기 때문에 톰 존스를 사랑했다.

• 제9장 •

오, 기쁜 존스!

 있는 그대로 사랑받고 있다는 것을 안 뒤, 몸이 조금 더 나아졌다. 어느 날에는 발끝을 계속 핥아서 눈처럼 하얗게 만들었다. 또 어느 날에는 정수리 위 털이 빠진 곳에 솜털이 새로 돋고 있는 것도 보았다. 그 뒤로 톰 존스가 제 모습을 되찾기까지는 그리 오래 걸리지 않았다. 털이 야드르르 풍성하게 자랐고, 앞가슴도 전처럼 새하얗게 빛났으며, 흰 꼬리초리는 걸어갈 때 깃발처럼 흔들리기도 했다. 무엇보다, 기침이 완전히 멎었고, 톰 존스 스스로도 자신이 다시 존스 씨로 불릴 만하다고 생각하게 되었으며, 아침 산책을 할 때 마주치게 되는 털북숭이 족속들이니 사람들 모두에게 존경 어린 인사를 받는 것도 즐기게 되었다.

옛 모습을 거의 되찾기는 했지만 아직 완전히 회복된 것은 아니었다. 또한 무시무시한 존스로는 다시 돌아갈 수 없었다. 병원에서 무슨 일이 있었는지 모르지만, 그 일이 톰 존스의 성격을 돌려놓았고, 이제 톰 존스는 신사 고양이라기보다 부드러운 고양이에 가까웠다. 부드럽고 평화로운 것으로 삶의 철학이 바뀌었다. 모욕을 받았을 때에는 비폭력적 저항(비폭력적 저항이란, 문명을 덜 깨우친 동네 주민이 모욕을 주는 듯한 말을 하더라도, 돌아서서 공격적인 노래를 부르지 않으며 천천히 길을 비껴가는 것이다)을 택했다. 싸운다는 생각만 해도 마음이 울적해지고 조금 불안해지기도 했다. 톰 존스는 '평화의 고양이'가 되었다.

따라서 바깥으로 나가 돌아다니는 일은 전보다 훨씬 줄어들었으며, 계속 바빠 몸을 움직이고 운동을 하려면 집 안에서 할 수 있는 일을 새로 찾아야 했다. 가정부들은 그런 일을 찾는 데 아주 협조적이었다. 어느 날 다정한 목소리가 집에 돌아오자, 앞발을 몸 아래 묻고 베란다에 앉아서 저녁 바람을 쐬고 있던 톰 존스는 다정한 목소리를 반기러 달려갔다. 다정한 목소리는 그날따라 종이와 책들이 담긴 커다란 가방을 톰 존스에게 보여주었다. 톰 존스가 당연히 관심을 가져야 한다는 듯한 모습이었다. 톰 존스는 정말 관심을 가졌다. 오 이런, 아주 새롭고 끌리는 냄새잖아. 그래서 톰 존스는 다정한 목소리를 따라서 안으로 들어갔다. 호기심으로 가득 차서 다정한 목소리의 다리를 맴돌며, 막 끓기 시작해 금방 보글보글 소리를 내는 주전자처럼 격렬한 욕구로 가르랑거렸다.

"이리 와."

다정한 목소리가 다른 가정부를 부르고 신문을 폈다.

"톰 존스에게 주려고 개박하를 사 왔어."

털북숭이 인간은 신사 고양이라면 절대로 간절히 바라는 모습을 보여서는 안 된다는, 음식을 대하는 태도에 연관된 세 번째 계명을 모조리 잊었다. 발끝으로 서서 머리를 가방에 넣으려 했다. 그 황홀하고 멋진 냄새에 몹시 흥분해 있었다. 그런 다음 앞발로 몇 번 긁어서, 참을성이 점점 줄어들고 있다는 것을, 냄새를 풍기는 그것이 무엇이든 그것을 살피고 싶은 욕구를 만족시키는 데 가정부들이 정말 굼뜨게 행동하고 있다는 것을, 이제 더는 뜸들이지 말라는 것을 가정부들에게 알렸다. 마침내 신문이 펴쳐졌고, 다정한 목소리가 신문지 위에 무엇을 놓았다. 부드러운 녹색 잎이 조금 묶인 다발이었다. 냄새가 어찌나 강렬하던지 일순 털북숭이 인간은 가까이 가기를 망설였다. 엎드린 채 계피색 코를 씰룩거리며, 마른 잎 뭉치가 마치 쥐라도 되는 듯, 달려들어서 갈기갈기 찢어놓고 싶은 양 눈을 가늘게 떴다. 그러나 그 잎에 어찌나 끌렸던지, 어찌할지 미처 생각하기도 전에, 앞발을 한 번 휘둘러서 잎들을 모은 뒤, 너무 굶주려서 이 녹색 잎을 최고의 고기로 여긴 양 미친 듯이 씹기 시작했다.

무뚝뚝한 목소리가 말했다.

"아주 좋아하네."

가정부들은 서로 바라보며 환하게 웃었다. 그렇게 아팠다가 회복된 고양이에게 기쁨을 줄 수 있다면 무엇이라도 두 사람에게는 즐거운 일이었다.

톰 존스는 동작을 멈추고는 감도는 맛을 마지막으로 느끼려고 발을 몇 번 핥았다. 전에 맛보았던 어떤 음식과도 다르며 아주 향기로운 맛이었다. 발을 핥고 있자니 약간 어지러우면서도 들떴다. 갑작스러운 생각에 사로잡혔다. 지금은 바닥에 등을 대고 누워서 개박하의 기운으로 몸을 굴리고 굴리고 또 굴려야 한다는 생각이었다.

"어머, 봐, 몸을 굴리네."

다정한 목소리가 말했다. 그렇게 몸을 굴려서, 네 다리를 모두 허공에 내밀고, 부드러운 곰 인형 배를 완전히 위로 드러내며, 발바닥을 불가사리처럼 펴고, 딱 필요한 것을 알고 있는 이 멋진 가정부들을 나른하게 올려다보았다. 그 다음 옆으로 몸을 굴린 뒤 가만히 모로 누워 있었다. 다시 몸을 굴리고 또 굴린 다음, 엎드린 자세를 취한 채 개박하를 조금 더 맛보았다. 이어, 알 수 없는 무엇으로 너무 충만하여 가만히 있을 수 없다는 생각이 들어서, 복도를 내달렸다가 다시 달음박질로 돌아오고, 침대 위로 뛰어올라 똑바로 선 채 꼬리를 흔들고 눈을 반짝였다. 몇 주 만에 처음으로 자신에 대해서, 자신이 얼마나 멋진지에 대해서, 아주 행복한 노래를 소리 내서 읊기 시작했다.

나는 살랑대는 신동
내 가르랑 소리는 천둥
나는 우아한 친구
내 성격은 침착
내 눈동자는 초록
세상 무엇보다 초록

내 털은 비단 같고

흰 발은 우유 같고,

고양이 중의 고양이

고귀한 고양이

톰 존스를 찾는 이,

여길 봐, 내가 바로 그이

이 존스는 당당하고

빛나고 화려하고,

우아하고 유유자적,

개박하에는 열광적

오, 기쁜 존스

그게 바로 나!

"잘됐다. 즐거워하는 것 같아!"

다정한 목소리의 말에 무뚝뚝한 목소리가 대답했다.

"즐겁게 소리도 내고 있네. 봐, 발을 불가사리처럼 펴서 허공에 휘젓고 있잖아. 정말 귀여워!"

털북숭이 인간은 이제 스스로를 기쁜 존스로 생각하게 되었고, 기쁜 존스로서, 자신을 둘러싼 모든 것이, 온 세상이 거대한 옷자락이 양 보이지 않는 손으로 자신을 주

무르는 커다란 즐거움에 새롭게 눈떴다. 한 발을 들어서 쭉 뻗었다가 오므렸다. 눈빛이 부드러워졌다. 다른 발도 들어서 똑같이 했다. 눈빛이 더 부드러워졌다. 사실, 이제는 몹시 감상적이 되었다.

톰 존스는 생각했다. 이런, 내가 개박하를 너무 많이 먹었나요, 아니면 늘 이렇게 사랑과 자화자찬으로 어지러워야 하나요? 그러나 그렇게 생각하자마자 자기도 모르게 침대에 푹 쓰러져서 몸을 쭉 뻗고 잠에 빠져들었다.

무뚝뚝한 목소리가 톰 존스의 귀 뒤를 어루만지며 말했다.

"세상 모르고 잘 거야. 개박하 숙취지."

그래서 두 가정부는 발끝으로 살금살금 걸어서 톰 존스를 혼자 자게 두었다. 톰 존스의 가르랑 소리는 순식간에 아주 고요해지다가, 그 간격이 길어졌으며, 마침내 떨리는 한숨을 쉬며 뒷다리를 한 번 움찔한 뒤, 꼼짝도 않고 누워서 잤다.

• 제10장 •

멋대로인 쥐!

그 뒤로 초록색 글자로 표시된 '개박하 날'들이 가끔 있었고, 즐거운 '쥐잡기 날'도 있었다. 이제 무시무시한 존스는 기쁜 존스가 되었고, 그저 점잖은 존스일 때가 더 많았으므로, 전처럼 사냥이 재미있지는 않았다. 아직도 가끔 창으로 가서 지나가는 새에게 딱딱거리기는 했지만, 다른 이유보다 자기 이가 맞부딪는 소리를 듣고 싶었기 때문이었다. 새를 잡아야 한다는 생각은 들지 않았다. 덤벼들기보다는 관조하는 삶이 더 좋았다. 쥐로 말하자면, 무시무시한 존스였던 시절에도 주위에 잡을 쥐가 전혀 없었지만, 장난치기에 적당한 쥐가 있으면 즐겁게 놀 수 있겠다는 생각을 가끔 하곤 했다. 어쨌거나 평화의 고양이가 되었다고 해도 온종일 뉴스만 듣고 있을 수는 없으니까.

톰 존스를 편안하고 행복하게 해주려는 생각을 가슴 깊이 품은 두 가정부는 이 모두를 염두에 두고 있었고, 무뚝뚝한 목소리가 하루는 손에 작은 종이봉투를 들고 집으로 돌아왔다. 무뚝뚝한 목소리는 털북숭이 인간에게 다가와서 그 앞에 종이봉투를 살며시 내려놓았다. 털북숭이 인간은 그때 왠지 기분이 좀 침울해져 있었다. 아니면 그저 좀 심심했는지도 모른다. 뉴스는 듣고 또 들은 뒤였다. 잠시 정원에서 공연히 벌을 쫓기는 했지만, 무시무시한 검정색 늙은 시궁창 고양이가 나타나서 경멸이 담긴 눈길로 톰 존스를 노려보는 통에, 집으로 돌아와서, 모욕감을 씻을 정도로만 잠깐 요가를 했다. 이제 톰 존스는 귀를 세우고 고개를 옆으로 돌려서 봉투를 흘깃 보았다. 속으로 물었다. 개박하인가? 코를 봉투에 대고 씰룩였지만 종이 자체의 평범하고 맥없는 냄새를 빼고는 아무것도 느껴지지 않아서 혼잣말로 대답했다. 아니야. 대체 뭐지?

바로 그때 다정한 목소리가 안으로 들어와서 무슨 일인지 살핀 뒤 말했다.

"쥐구나."

그러자 무뚝뚝한 목소리가 톰 존스의 코 바로 옆에서 봉투를 열더니 그 앞에 부드러운 회색 쥐 한 마리를 놓았다. 낭창거리는 긴 꼬리, 진짜 수염과 빛나는 두 눈, 옅은 분홍빛 귀. 게다가 (이제 무뚝뚝한 목소리가 쥐를 뒤집었으므로) 복슬복슬한 몸통 아래에는 옅은 분홍빛의 작은 네발도 있었다.

털북숭이 인간은 즐거워하지 않았다. 털북숭이 인간은 생각했다. 나한테 장난감 쥐를? 발끝으로 최대한 높이 몸을 뻗고 등을 활처럼 굽힌 뒤 커다랗게 야옹 소리를 냈다. 고양이 중의 고양이에게, 나처럼 존엄한 고양이에게, 장난감 쥐를?

그러나 장난감 쥐의 눈이 어찌나 밝게 빛나던지, 잠깐 톰 존스는 쥐가 자기에게 윙크를 하는 줄 알았다. 주저주저 부드러운 발 하나를 내밀어서 쥐를 건드렸다. 쥐 꼬리가 꼬드기듯 흔들렸고, 톰 존스는 발을 솜씨 좋게 한 번 휘둘러 쥐를 침대에서 밀쳤다. 그러자 맹세코 정말로 장난감 쥐가 붕 뛰어 달아나서 라디에이터 아래에 숨었다. 진짜 쥐 같았다. 털북숭이 인간은 침대에 웅크리고 앉았다. 수염이 곤두서서 앞으로 뻗치고, 계피색 코가 살짝

씰룩였으며, 시선을 쥐에 고정한 채 몸의 근육을 단 하나도 움직이지 않았다. 등뼈를 타고 약한 전류가 흘렀다. 그런 뒤, 왜 덤벼들지 않느냐고 흥분한 듯 두 눈의 동공이 커지면서, 뒷다리와 엉덩이가 부르르 떨리며 흔들리고 꼬리가 앞뒤로 찰싹이더니, 순식간에 몸이 공중으로 날아올랐다. 톰 존스는 꼬리를 커다란 활 모양으로 말며 내려앉으면서, 앞발 하나를 정확하고 세차게 한 번 휘둘렀다. 쥐가 방 한가운데로 곧장 날아갔다. 이번에 톰 존스는 쥐가 떨어질 때까지 기다리지도 않고 쥐를 쫓아 펄쩍 뛰어올랐다. 신나게 쥐를 향해 달려가더니 바닥에서 쥐를 때리기 시작했다. 퍽을 치는 아이스하키 선수처럼 양발을 번갈아 써서 이리저리 쥐를 굴렸다. 그런 뒤에 쥐 옆에서 춤을 췄다. 네발을 아주 가까이 모으고 등을 활처럼 둥글게 치세웠다. 그러다가 갑자기 허공으로 뛰어올랐다 내려앉으며 쥐를 물고 복도로 가져갔다.

복도에서 쥐를 내려놓고 잠시 앉아서 숨을 고른 뒤 방금 한 일을 죄다 잊은 척했다. 눈길 닿는 곳 끄트머리에서 쥐가 슬쩍 보이자, 다시 몹시 끌렸다. 허공에 높이 던졌다가 한 발로 잡고, 다시 또 던진 뒤 하키 게임을 한 번 더 시작했다. 복도를 다 헤집으며 때리고 밀치고, 밀치고 때렸다.

  가정부들은 이 모든 행동에 박수를 보냈다. 털북숭이 인간은 아주 신나고 즐겁고 우쭐했다. 이제 털북숭이 인간은 점잖은 존스로 변했으므로, 이제 싸우지 않으므로, 무슨 일이 일어나도, 털이 빠졌다 해도, 가정부들이 자신에게 충성을 다한다는 것을 받아들였으므로, 어느 때보다도 사람의 찬사가 필요하다고 느꼈다. 사실, 털북숭이 인간이 떠돌이 신사 고양이였을 때는 사람의 칭찬이 전혀 필요하지 않았다. 그러나 이제는 얼마나 잘생겼는지 들어야 했고, 박수와 칭찬을 받아야 했다. 그리고 그 때문에 털북숭이 인간은 진짜 고양이다움을 전에 누구에게 혹은 무엇에 양보했던 것보다 조금 더 많이 이 가정부들에게 양보할 준비가 되어 있었다. 가정부들이 집을 비우면, 털북숭이 인간은 때로 요가도 하지 않은 채 몇 시간이고 그저 가정부들이 집에 돌아오기만 기다렸다. 두 사람이 집에 없으면 집이 집처럼 느껴지지 않았기 때문이다. 집이 너무 적막해서 스스로를 위로하려고 짧은 노래를 짓기도 했다.

  그대가 가버리면 나는

노는 법을 잊어버리네

그대가 여기 없으면 나는

가르랑거리는 법을 잊네

그대 목소리가 집 안에 울리면

'음식'이 있고, '쥐'가 있네

다정한 그대 무릎은

내 포근하고 따뜻한 잠

그대의 박수를 받으려고

나는 불가사리 발을 만들고,

그대를 만나게 된 뒤에야

내게는 이름이 생겼으니,

존스는 이 모든 일을

가만히 노래하지

톰은 이 모든 일에

칭찬을 가득 받지

이처럼 멋지게 잘 돌아가는 집안에도 가끔 평화롭지 않은 때가 있었다. 예를 들어, 톰이 쥐에 진력난 나머지 쥐를 응접실의 낮잠용 침대 아래에 내팽개치거나 라디에이터 뒤에 숨긴 뒤 이튿날까지 찾지 않다가, 가정부들이 모두 집에 있고 무척 놀고 싶을 적에 쥐를 못 찾는 때가 있었다.

"쥐가 멋대로네."

다정한 목소리가 소리치곤 했다. 쥐가 '아주 큰 끔찍한 호랑이'여서 문 뒤에 숨어 있다가 두 사람을 향해 덤벼들기라도 할 것처럼 말했다. 두 사람이 엎드려서 침대 밑과 의자 밑과 라디에이터 밑을 샅샅이 찾는 동안, 털북숭이 인간은 부드러운 초록 눈동자에 살짝 냉소적인 표정을 담고 두 사람을 지켜보았다. 때로 며칠이 지난 뒤에야 숨어 있던 쥐가 나타나기도 했다.

그러나 어쨌든 톰 존스는 때때로 독립성을 드러내야 했다. 제 삶의 그렇게 큰 부분을 인간의 손길에 넘겼지만, 그래도 자긍심을 지켜야 했다. 혹은 그렇게 인간의 손길에 삶을 넘겼으므로, 자긍심을 잃지 않아야 했는지도 모른다. 그래서 가끔 톰은 전적으로 혼자서 돌아다니기도 하고, 몇 시간 동안 집을 나가서 나무 한두 그루에 올라가거나, 몇 골목 떨어진 곳에 있는 어느 집 뒤뜰을 탐험하거나, 날간을 조금 얻을 수 있을 때면 이웃 식료품점에 잠시 들르기도 했다. 게다가, 천박하고 거친 고양이들이 체면상 계속하는 지위와 권력 다툼에 톰 존스는 전혀 끼어들지 않기로 마음먹었지만, 그래도 동네 고양이들의 동정을 살피며 무슨 일이 일어나고 있는지는 알아야 했다.

그럴 때면 집에서 해야 할 의무와 책임을 몇 시간씩 잊은 채 다시 고양이 중의 고양이가 되었다. 지켜보거나 박수를 치는 사람 전혀 없이 나무를 아래위로 내달리다 보면, 마음이 무척 편안해졌다. 고양이가, 다른 무엇이 아닌 고양이 자체가 되는 것은, 오로지 자신만의 일로 바빠지는 것은 커다란 위안이었다. 그렇지만 한참 동안 돌아다니고 몇 가지 작은 모험—예를 들어, 짖고 있는 커다란 검둥개와 얼굴을 맞댔을 때, 꼬리를 아주 두껍게 부풀리고 으르렁거려서 개를 돌아서게 만드는 일—을 펼치는 등 온갖 일들을 마친 뒤에는, 가슴속에서 무엇이 잡아당기는 묘한 기분이 들었다. 그 기분은 이렇게 말했다.

"집으로 가, 존스."

자신을 잡아당기는 그 기분에 약간 속이 답답하고 조금 짜증이 나기도 했다.

"가정부들은 잘 있을까?"

가슴속 소리가 그렇게 말하면, 톰 존스의 심장이 조금 빨리 뛰기 시작했다. 자신을 잡아당기는 힘이 아주 세서 집에 돌아가는 내내 계속 떨 수밖에 없을 때도 있었고, 그럴 때면 '중요한 것'을 잃지는 않았는지 갑자기 두려워지곤 했다.

그날도 그랬다. 톰 존스는 베란다로 뛰어올랐다. 절대 야옹 소리를 내며 울지 말라는 계명은 까맣게 잊은 채, 창틀로 올라가서 "나, 집에 왔어. 어디 있어?"라고 크게 울었지만, 아무도 나오지 않았다. 두 가정부 모두 집에 없었다. 두려움에 심장이 어찌나 빨리 뛰었는지, 곧바로 발을 몸 아래 숨기고 앉은 채 깊이 집중해서 요가를 해야 했다. 안에서 풍선처럼 부푸는 걱정을 몰아내기 위해서였다. 요가가 조금 도움이 되기는 했지만, 걱정을 깨끗하게 없앨 수는 없었다.

보도블록을 딛는 발걸음 소리가 날 때마다 톰 존스의 귀가 쫑긋 섰다. 톰 존스는 이미 오래전부터 두 가정부의 발소리를 구별할 수 있었다. 다정한 목소리는 걸을 때 구두를 딸가닥딸가닥하고, 무뚝뚝한 목소리는 그보다 성큼성큼 걷는다. 톰 존스는 일어서서 서성거리지 않을 수 없었다. 근심의 풍선이 엄청나게 커졌다. 축 처진 꼬리에서 더할 수 없는 슬픔이 느껴졌다.

마침내 두 사람이 보도를 걷는 대신 시끄러운 차 소리

에 이어서 자동차 문을 쾅 닫는 소리를 내며 집에 왔을 때, 톰 존스는 있는 힘껏 빨리 달려와 두 사람의 다리에 몸을 비비고 가르랑거리고 또 가르랑거렸다. 두 사람은 그런 톰 존스의 모습에 크게 놀랐다.

다정한 목소리가 말했다.

"배가 무척 고팠나 봐. 몇 시간 동안 나가 있었지?"

톰 존스는 지금 기쁨에 떨며 사랑스러운 가정부들의 얼굴을 올려다보며 계속 맴돌고 또 맴도는 것은 배고픔 때문이 아니라 두 사람이 마침내 집에 돌아와서 아주 행복하기 때문이라고, 두 사람이 아주 많이 그리웠다고 설명하고 싶었지만 설명할 길을 찾을 수 없었다. 그렇게 초조해질 것을 무릅쓰고 굳이 밖에 나가서 돌아다닐 이유가 있을까? 그때 그 자리에서 톰 존스는 늘 집 가까이에 있기로 마음먹었다. 대가를 덜 치르면서도 자긍심을 지킬 다른 방법이 분명히 있을 것 같았다.

• 제11장 •

먼 이사

털북숭이 인간은 이제 완전히 집에 정착했고, 더할 수 없이 평온한 마음에 살이 많이 쪘다. 이제 털북숭이 인간을 보고 걸음을 멈춘 뒤 "가엾은 고양이"라고 말하는 사람은 아무도 없었다. 사람들은 털북숭이 인간의 반드르르한 털을 부러워했으며, 실제로 "거대한 고양이"라고 부르기도 했다. 자긍심을 지키면서도 집에 머물러 있는 문제는 거대한 몸집으로 해결되었다. 모험이 전혀 없는 것은 아니었다. '집안의 우두머리'가 되는 것, 최상급 비프스튜와 싱싱한 최고급 대구가 아니면 안 먹는다는 사실을 가정부들이 가끔 잊을 때면 음식에 아예 입도 대지 않음으로써 가정부들에게 뜻을 확실히 알리고, 가정부들을 단호하게 다루는 것도 큰일이었다. 누가 '주인'인지 모두가 머릿속에 분명히 새기고 있는 한, 자긍심을 걱정할 일은 없었다.

털북숭이 인간은 가정부들에게 가끔 휴가가 필요하다는 것도 인정했다. 그럴 때면 가정부들이 없는 동안 털북숭이 인간을 잘 돌볼 대리인을 받아들이는 것도 인정했다. 여름이면 한동안 가정부들이 집을 떠나 있었고, 대신 젊은 남자가 집을 지켰다. 털북숭이 인간은 이 다정한 젊은 남자와도 적잖이 기꺼워하며 친해졌다. 평소처럼 뉴스를 듣고 자기 일을 계속하며, 묵묵히 공손하게 행동하기만 했다. 머지않아 가정부들이 돌아오고, 전과 똑같아질 것임을 잘 알고 있었기 때문이다.

털북숭이 인간이 살찌고 현명해지기는 했지만, 가정부들이 어쩔 수 없이 이사를 하게 될지도 모른다는 생각은, 가정부들이 털북숭이 인간과 함께 정원 끝까지 걸어가서 배나무를 바라보거나 팬지와 물망초 바구니를 옆에 두고 꽃밭에 무릎을 꿇고 있는 일을 더 이상 할 수 없을지도 모른다는 생각은, 가정부들이 이 이상적인 집과 정원에서 강제로 쫓겨나 다른 살 곳을 찾아야 할지도 모른다는 생각은 상상도 하지 못했다. 그러나 바로 그런 일이 일어났다. 무뚝뚝한 목소리가 집에 없을 때였다. 다정한 목소리 혼자서, 뒤지며 찾고, 오가며 짐을 꾸리고, 보따리들을 묶고, 담요들을 말고, 책꽂이에서 책 수백 권을 꺼냈다. 그 사이에 털북숭이 인간은 다정한 목소리를 지켜보며 초록색 눈을 아주 크게 뜨고 떨리는 꼬리를 치세워서 물음표를 만들고 있었다. 처음에 털북숭이 인간은, 다정한 목소리가 여름 청소를 불같이 하고 있으며 곧 다시 짐을 풀 줄 알았다. 그렇다면 일이 다 끝날 때까지 밖으로 나가서 라일락 아래에 누워 있을 생각이었다. 그러나 거대한 트럭이 문 앞에 오고 목청이 큰 무시무시한 남자들이 커다란 안락의자와 서재에 있던 소파뿐 아니라 털북숭이 인간의 침대까지 트럭 안에 싣는 것을 보자, 말 그대로 머리를 누일 곳이 없어져 아주 크게 놀랐다.

　털북숭이 인간은 살금살금 걸어서 응접실 창틀 밑에 숨었다. 지금은 뉴스를 들을 때가 아니었다. 심각한 결정을 내려야 할 순간이었다. 두 사람이 어디로 가는지 알 수만 있다면! 마음을 가라앉히려고 두 뒷발을 아주 한참 동안 핥았다. 귀와 수염도 철저히 닦았다. 그러면서 계명을 떠올리려 애썼다. 편안하게 지낸 요 몇 년 동안 머릿속에서 계명이 희미해졌던 것이다. 이런 계명이 듯했다.

'신사 고양이는 사람보다 장소에 애착을 가져야 한다.'
털북숭이 인간은 수염을 앞으로 내밀고 차분하게 사람들을 내려다보았다. 털북숭이 인간은 단 한 번도 계명에 의문을 품지 않았다. 자신의 노래와 달리 계명은 털북숭이 인간 혼자서 만든 것이 아니었다. 계명은 털북숭이 인간 내부에서 저절로 샘솟았으며, 여러 세대에 걸친 신사 고양이의 지혜를 담고 있었다. 어떤 문제에 마주쳤는데 그 해결책이 확실하지 않을 때에는 계명을 떠올리는 것이 안전한 방법이었다. 두 가정부는 제 갈 길로 가게 두고, 이 집에 머물러야 할까? 수염이 살짝 떨렸다. 초록빛 눈은 실눈이 되었다.

어쨌거나 올라가기에 그처럼 더할 수 없이 좋은 배나무나, 발톱을 갈기에 그렇게 좋은 둥근 기둥이나, 가정부들이 어디에 있건 햇빛 아래 앉아 있을 수 있는 편안하고 안전한 베란다가 있는 집을 다시 발견할 수 있다는 보장도 없었다. 그러나 그러다가 털북숭이 인간의 머릿속에, 그 많은 나날 동안 그토록 뛰어난 솜씨로 어루만지는 손길을 받으며 편안하게 누워 있던 무릎이 떠올랐다. 그리고 그토록 싱싱하고 하얗고 맛있기만 했던, 처음 먹은 따뜻한 대구 요리가 떠올랐다. 개박하 숙취와 장난치기 좋은 쥐도 떠올랐다. 털이 빠지고 심하게 앓았지만 가정부들이 불평 한마디 없이 성심껏 보살피던 때도 기억났다. 그냥 보내기에는 너무도 커다란 일들이었다. 털북숭이 인간은 창틀 아래에서 살금살금 나와서 빈방들을 지나며, 꼬리를 높이 쳐들고 다정한 목소리를 찾았다.

 털북숭이 인간은 다정한 목소리의 다리 사이를 맴돌며 가르랑거렸다. 어디라도 함께 가겠다는 뜻이었다. 물론 다정한 목소리는 털북숭이 인간이 계명 하나를 어기기로 마음먹은 것도 몰랐으며 창틀 아래에서 심각한 자문자답이 오간 것도 몰랐다. 외투들을 한 아름 트럭으로 실어 나르느라 너무 바빠서 다른 일에는 전혀 신경도 쓰지 못했다.

 이제 털북숭이 인간이 앉아 있는 침실은 텅 비었으며, 턱을 괼 곳도 없었다. 무엇이든 얼른 하지 않으면 분명 끔찍하게 외롭고 슬퍼질 터였다. 그래서 꼿꼿이 앉은 채 세상과 스스로에게 자신의 입장을 밝히는, 조금 길고 들쭉날쭉한 노래를 불렀다.

 법을 어기면

 발이 가렵지

불안도 벼룩처럼

어디인지 알 수 없는

이곳저곳을

물어뜯겠지

이 모두는 내가

경험에서 느낀 것

그러나 그 모두에도 불구하고

나는 자유롭고 현명한 고양이

진정한 철학자

그리고 나는 나만의 가르랑 소리를 만들겠노라

나만의 기준을 세우겠노라

인간과 함께

인간의 손과 내 발을 맞잡고

내가 명령하나니,

그대를 보내지 않겠노라

나도 함께 가겠노라

그 끔찍한 날에 많은 시간을 어떻게 보내게 될지, 사람보다 장소에 애착을 가지라는 계명을 어긴 신사 고양이에게 어떤 모욕이 기다리고 있는지, 털북숭이 인간이 내

다볼 수 있었다면, 그렇게 용감한 노래를 지을 용기는 내지 않았을지도 모른다. 집에 쓰레기덤과 톰 존스를 빼고 아무것도 남지 않은 일은 그 다음 일에 비하면 별것 아니었다. 다정한 목소리는 톰 존스를 집어서 택시에 탄 뒤, 톰 존스가 '엄청난 변화'에 준비할 짬도 주지 않은 채 완전히 낯선 거리를 획획 지나갔다. 택시 안 좁은 바닥에는 우유 접시도 없었다. 입에서 필사적인 야옹 소리가 긁는 듯 가늘게 흘러나오자, 톰 존스는 갑자기 걱정이 되었다. 정말로 목소리를 잃어버리는 게 아닐까?

톰 존스의 자긍심과 믿음을 이토록 배반하는 이런 대접만으로는 충분하지 않다는 듯, 톰 존스는 수치스럽게도 춥고 눅눅한 짐칸에 갇혔다. 가솔린과 이끼 토탄, 낡고 더러운 넝마와 잡동사니 냄새가 났다. 문은 잠겨 있었다. 내다볼 수 있는 창도 없어서 지금 지나는 곳이 어디인지 알 수도 없었다. 탐험 본능, 코와 발과 눈으로 자기 위치를 확인하는 본능은 완전히 짓밟혔다. 갑자기 불같이 화가 났다. 평생 어느 때보다도 심하게 화가 났다. 꼬리를 찰싹거리며 그 감옥 안에서 서성거렸다. 벽에 대고 분노와 절망에 찬 소리를 질렀다. 들리는 것은 메아리쳐 돌아오는 제 목소리뿐이었다. 아무도 오지 않았다. 조금이라도 신경 쓰는 사람이 아무도 없었다. 새 집주인이 지금 갇혀 있는 것을 아는 사람도 하나 없었다. 할 수 있는 일이 고작 욕뿐이라니, 더더욱 화가 났다. 욕으로 노래를 만들면 조금이라도 기분이 풀렸을지 모르지만, 노래조차 나오지 않았다. 어찌나 화가 났던지 윤활유가 고여 있는 곳으로 가서 하얀 발에 까맣고 역겨운 윤활유를 묻혔다. 이쯤 되면 너무 화가 나서, 다른 일을 잊고 몸을 깨끗이 하는 일은 할 수도 없지 않을까? 몸이나 깨끗이 하고 있다가는 체념한 것으로 비치지 않을까? 어찌나 화가 났던지 몸집이 평소보다 두 배는 커진 듯했다. 또, 문을 여는 사람이라면 누구에게라도 뛰어올라서 그 사람을 호되게 야단칠 준비를 했다. 어떻게 야단을 칠지 그 방법은 떠오르지 않았다. 난생처음 비명과 고함을 너무 많이 질러서 목소리가 거칠어졌지만, 그래도 계속 지르고 또 질렀다. 커다란 짐칸 문을 향해 달려가다가 뛰어올라서 문에 몸을 부딪치기도 두 번이나 했다.

다정한 목소리가 털북숭이 인간을 꺼낸 것은 주위가 어두워졌을 때였다. 문이 열리기 전, 털북숭이 인간은 조금 벌어진 문틈에 코를 박은 채 너무 지쳐서 말도 못 하고 절망에 빠져 앉아 있었다. 그러나 문이 열리자마자 번개처럼 뛰쳐나갔다. 어디로 가는지도 모른 채 빠져나와서, 나무를 오르고, 다시 자유로운 존재가 된 것을 뽐냈다. 그리고, 아, 공기는 달콤했다. 문 옆의 단풍나무가 달려가는 털북숭이 인간을 유혹했다!

이건 내 나무
나는 안 잡혀

털북숭이 인간은 급히 노래를 부르며 허공으로 뛰어올라 나무 기둥을 꽉 잡고 위로 올라갔다. 어찌나 빨리 올라갔던지, 털북숭이 인간은 자기가 갑자기 하늘을 날게 된 것이 아닐까 하고 속으로 생각했다. 꼭대기 가지에 거의 올랐을 때, 몸을 들어서 주변을 노려본 뒤, 검게 변한 차가운 눈으로 다정한 목소리를 내려다보았다. 다정한 목소리는 나무 밑동 옆에 자그맣고 무기력하게 선 채 털북숭이 인간에게 정말 미안하다고 사과하며 얼른 내려오라고 애원하고, 저녁을 주겠다고 말하고 있었다.

털북숭이 인간은 대답으로 꼬리를 세 번 흔들고 더 위태위태한 가지로 뛰어올랐다. 가지가 털북숭이 인간의 몸무게에 눌려서 휘어지는 통에, 털북숭이 인간은 균형을 잃을 뻔했다.

 털북숭이 인간은 한참을 내려오지 않았다. 어쨌든 지금이 유일한 기회였다. 누가 주인인지, 반드시 지금 딱 못을 박아야 했다. 털북숭이 인간은 자유의지로 자신이 살 집을 골랐고, 그래서 다정한 목소리의 집에 들어갔다. 그런데 지금 어떻게 되었지? 달아나서 길을 잃을지도 모르는, 새로운 동네에 왔으면 구석구석 샅샅이 탐험해야 한다는 법칙도 모르는 어리석은 새끼 고양이 대접을 받고 있잖아. 그래서 털북숭이 인간은 거리로, 낯선 거리로 내려갔다. 엄청나게 화가 나서, 앞을 가로막는 사람 누구에게도 으르렁거리며 덤벼들 태세였다. 온 거리를 으스대며 걸었다. 모퉁이를 돌자, 커다란 놀이터가 나타났다. 높은 풀과 나무로 덮인 야생의 땅이 4천 평방미터 가까이 펼쳐져 있었다. 다정한 목소리가 어둠 속에서 애타게 톰 존스를 부르는 소리가 들렸다.

 "이리 와, 야옹아! 이리 와, 야옹아!…… 제발 집에 돌아와!"

 이만하면 다정한 목소리에게 충분히 벌을 준 셈일까? 아니다. 그렇지만 배가 너무 고팠다. 그리고 신사 고양이는 무엇보다 자신의 욕구를 중요하게 여겨야 한다. 그래서 마침내 털북숭이 인간은 스스로에게 허락했다. 열린 문 앞에 서서 다정한 목소리의 손길과 사탕발림을 받고 안으로 들어가 주방으로 이끌리기로 한 것이다. 다정한 목소리는 주방에서 화해의 뜻을 건네듯 싱싱한 흰 대구 찜을 담은 커다란 접시를 아주 공손하게 내려놓았다.

시간이 한참 흐른 뒤, 털북숭이 인간이 다정한 목소리의 침대에서 발을 몸 아래 묻고 다정한 목소리를 동정 어린 눈길로 바라보며 아주 부드럽게 가르랑거리고 있을 때, 다정한 목소리가 말했다.

"여기가 우리 집이야. 이제 이사하는 일은 다시는 없을 거야."

• 제12장 •

열한 번째 계명 혹은 창틀 고양이의 회상

 이튿날 맑은 이른 아침, 다정한 목소리가 아직 자고 있을 때, 톰 존스는 집을 샅샅이 탐험했다(아주 뛰어난 신사 고양이라 해도 새 집에 들어오면 그런 탐험을 하지 않을 수 없다). 보이는 곳곳마다 아주 만족스러웠다. 우선, 썩 훌륭한 지하층이 있었다. 지하층에는 방도 여럿 있었다. 신나는 석탄 창고와 장작더미도 있었으며, 딱 알맞게 눅눅한 흙냄새가 났다. 무엇보다 마음에 든 것은, 응접실 피아노 옆에 자리한, 뉴스를 듣기에 마침맞은 곳이었다. 털북숭이 인간은 몸을 곧추세우며 생각했다. 그래, 정말로 아주 좋겠네. 아침 뉴스를 생각하자, 진짜 품위 있게 느껴졌다.

이 동네에는 고양이가 아주 많은 듯했다. 조금 경계할 일로 마음에 새겼다. 목걸이와 방울을 단 고양이들도 있었다. 톰 존스가 거리를 지나갈 때, 어느 집 창 너머에서 검은색과 흰색이 섞인 얼굴에 사악한 표정의 고양이가 톰 존스를 비웃기도 했다. 그러나 그런 고양이들은 적어도 불한당은 아니었다. 집과 이름이 있는 고양이였다. 그 고양이들은 틀림없이 이웃으로 인사할 것이고, 그러면 톰 존스는 그 고양이들에게 자신은 평화의 고양이며 이 동네에서 지위를 차지하려고 싸울 생각이 없음을 알려 줄 수 있을 것이다. 다정한 목소리가 마침내 다가와서, 따뜻한 여름 공기 속으로 나갈 수 있게 문을 열자, 톰 존스의 등줄기가 조금 찌릿했다. 점잖은 이웃들이어서 자기 신념이 존중될 수 있기를 바랐다. 그리고 자신감을 북돋겠다는 생각만으로 세상을 향해 정중한 노래를 불렀다.

나는 무장하지 않고 왔다네
친구들, 나는 좋은 의도로
그대들에게 왔다네
내 여정의 막다른 길로

신사 고양이

다다른 이 동네에

나는 무척 매료되었다네

그러니 친절하게

내 말을 받아주게

그대들이 무엇을 하든

나는 싸우지 않겠네

나는 점잖은 고양이며

맑은 유월 아침

이 멋진 거리에서

햇살 아래 앉는 것은

나의 권리니

마주칠지 모를

누구에게도

경고하나니

나는 점잖은 고양이

싸우지 않겠노라

거의 그 즉시, 목에 방울을 단 아름답고 복슬복슬한 고양이가 톰 존스를 지나치면서 코를 마주치는 다정한 인사를 보냈다 그러자 톰 존스는 감사의 표시로, 때마침

문 옆에 있던 단풍나무에 반쯤 올라갔다가 내려왔다. 곧이어 검정색과 흰색이 섞인 털 많은 고양이가 회색 새끼 고양이와 함께 나타났다. 새끼 고양이는 누워서 몸을 굴리며 톰 존스에게 놀자고 청했다. 새끼 고양이의 몸짓이 어찌나 자신만만하고 매력적이었는지, 톰 존스는 품위를 다 잊고 잠시 새끼 고양이를 쫓아다녔다. 톰 존스는 입양한 조카와 장난스러운 전쟁놀이를 수없이 즐긴 재미있는 삼촌이 된 듯했다. 그러다가 갑자기 새끼 고양이가 꼬리를 크게 부풀리더니 겁에 질린 말을 하기 시작했다. 톰 존스는 번개처럼 주위를 돌아보았다. 바로 그때, 전에 창에서 보았던 검정색과 흰색이 섞인 얼굴의 사악한 고양이가 톰 존스를 노려보고 있었다.

조금 긴장된 순간이었다. 평화의 고양이라고 설명할 시간도, 노래를 부를 시간도 없었다. 대신 톰 존스는 주위를 휙 둘러보았다. 제 눈을 믿을 수 없었다. 톰 존스의 집 문 바로 옆, 뉴스 유리창, 뉴스용으로 일부러 만들어진 듯 딱 어울리는 그 유리창 바로 아래, 편안한 창틀이 자기를 피난처로 삼으라고 톰 존스에게 손짓하고 있었다. 톰 존스는 뒤도 돌아보지 않고 시멘트 계단 세 개를 뛰어올랐다. 배의 선원이 된 듯한, 등대의 등대지기가 된

신사 고양이

듯한, 새장 속의 새가 된 듯한, 창문 화분걸이에 아주 안전하게 고정된 화분이 된 듯한 기분을 느끼며, 창문 밑에 앉아서, 거만하게 사악한 고양이를 내려다보았다.

사악한 고양이가 딱딱댔다.

"이제 잘 알았지? 여기 고양이의 왕은 나야. 너는 네 자리나 지켜. 저 불쌍한 새끼 고양이와 놀아줄 고양이는 나뿐이야. 어떤 베란다에서든 햇빛이 가장 잘 드는 자리에 앉아 있을 고양이는 나뿐이야. 이 정원들, 이 집들, 이 거리, 이 고양이들 모두, 내 밑에 있어."

사악한 고양이가 아주 위협적으로 꼬리를 흔들며 으르렁거렸다.

털북숭이 인간은 창틀 아래에서 몸을 꼿꼿이 세우고 앉았다. 함대 사령관처럼, 등대지기처럼, 아주 현명한 늙은 올빼미처럼, 아래를 내려다보았다.

나는 점잖은 고양이
싸우지 않겠노라

그러자 털북숭이 인간은 자제력을 완전히 되찾았다. 수염도 더는 떨리지 않았다. 요가 동자 두 가지를 했다.

흔히 있던 반응이 없자 사악한 고양이는 크게 놀라서 가만히 앉아 있었다. 침묵 속에 몇 초 동안 기다리던 사악한 고양이는 유별난 새로운 고양이의 말에 귀를 의심했다.

"아주 좋아. 친구가 되기 싫다면, 반半친구가 되렴."

복슬복슬한 고양이의 방울이 웃음소리처럼 딸랑거렸고, 새끼 고양이는 나무 위로 올라가서 조금 건방지게 돌아앉았다. 그래서 사악한 고양이는 시선을 둘 곳이 없었고, 이 예상 밖의 용서에 어떻게 반응해야 할지도 몰랐다. 이 작은 싸움에서 누가 이겼는지도 알 수 없었다.

그러나 털북숭이 인간은 그때 그곳에서 깨달았다. 왕이 되기보다 철학자가 되는 것이 좋다고, 어느 모로 보나 지혜가 권력보다 좋다고 깨달았던 것이다. 때로 털북숭이 인간은 창틀 바닥에 등을 대고 누워서 한쪽 발을 나른하게 창문 끝에 대고 나뭇잎들을 올려다보면서, '신사 고양이의 계명'을 혼자 읊곤 했다. 적절한 때에 떠올리기 위해서였다. 살아오면서 허겁지겁 터득한 계명이었다. 이제 집이 있는 '공식 철학자'가 되었으니, 생각을 체계적으로 정리할 때가 왔다. 털북숭이 인간은 계명을 이렇게 정리할 수도 있겠다고 생각했다(달리 더 재미있는

일을 찾을 수 없는, 조금 더운 오후였기 때문이다).

신사 고양이의 십계명

1. 신사 고양이는 항상 앞가슴과 발을 완벽하게 갖춰야 한다.

2. 신사 고양이는 사랑의 구속이라 하더라도 절대 구속되지 않아야 한다.

3. 신사 고양이는 극한 상황이 아닌 한 야옹 소리를 내지 않아야 한다. 바라는 바를 자연스럽게 알리고 기다려야 한다.

4. 신사 고양이는 사람이 부르더라도 근육 하나 움직이지 않아야 한다. 못 들은 척해야 한다.

5. 신사 고양이는 겁먹었을 때도 심심하다는 표정을 지어야 한다.

6. 신사 고양이는 자신이 직접 연관된 일이 아닌 한, 다른 사람의 일에 전혀 관심을 보이지 않아야 한다.

7. 신사 고양이는 목표물에 서둘러 가면 안 된다. 한 가지 것만 원하는 듯이 보여서는 안 된다. 예의에 어긋난다.

8. 신사 고양이는 아무리 배가 고파도 음식에 천천히 다

가가야 한다. 그리고 적어도 1미터 앞에서는, '좋음', '괜찮음', '보통', '형편없음'으로 음식의 등급을 매겨야 한다. 등급이 '형편없음'이면, 음식 위에 흙을 덮는 척해야 한다.

9. 신사 고양이는 가치 있는 음식에는 고마움을 표시해야 한다. 설거지한 것처럼 보일 만큼 아주 깨끗하게 접시를 핥아야 한다.

10. 신사 고양이는 가정부를 고를 때 절대로 서두르지 않아야 한다.

이 계명들을 다 떠올리고 순서대로 놓으려니 조금 힘들었다. 그래서 등을 바닥에 대고, 부드러운 곰 인형 배털을 간질이는 산들바람을 즐기면서, 발을 움츠린 채 잠들었다. 가정부들의 목소리에 잠에서 깼다. 가정부들은 부드러운 여름밤에 잠깐 산책을 나왔다. 이제 무뚝뚝한 목소리도 집으로 돌아왔으므로, 생활은 전과 똑같았다.

가정부들이 털북숭이 인간의 시중을 들어온 지 몇 년이 지났지만, 가정부들의 목소리가 왠지 아주 다정하게 들렸다. 털북숭이 인간은 귀를 쫑긋 세우고, 하품을 하고, 다리를 세우며 발끝으로 서서 등을 활처럼 둥글게 치세웠다. 털북숭이 인간의 눈은 생각에 잠겨 있느라 검은색이 되었고, '아주 중요한 생각'을 할 때면 늘 그렇듯 온몸이 가렵기 시작했다. 털북숭이 인간은 등을 대고 누워서 온몸을 자근거린 뒤, 앞가슴을 핥고, 마지막으로, 귀가 아주 심하게 가려워서 발로 귀를 쓰다듬었다. 그러는 내내 생각했다. 나는 단순한 신사 고양이가 아니야. 나는 훨씬 더 귀해. 점잖은 고양이, 평화의 고양이, 집과 가정부 두 명이 있는 고양이야. 어쩌면 나에게는 길 건너 입양한 조카, 아직 어린 새끼 고양이에게 분명하게 알려줄 열한 번째 계명이 있을지 몰라. 열한 번째 계명을 짜내기란 털북숭이 인간에게 아주 힘든 일이었다. 털북숭이 인간은 꽤 한참 동안 해군 제독이나 올빼미처럼 꼿꼿이 앉아 있었다.

자긍심도 헤아려야 했다. 독립도 헤아려야 했다. 자유도 헤아려야 했다. 그런데 고양이가 고양이다운 자아의 일부를 인간이 보살피는 손길에 포기하고도, 어떻게 자긍심과 독립과 자유를 유지할 수 있을까? 털북숭이 인간은 여전히 거리를 지나가며 사람과 고양이 모두에게 똑같이 품위 있게 인사하는, 훌륭한 존스 씨일 수 있었다. 그러나 그러면서도, 계단 아래위와 집 안에서 다정한 목소리와 무뚝뚝한 목소리를 졸졸 따라다니며 무릎에 앉기를 조르는, 어리광스러운 약한 고양이기도 했다.

  십계명에서는 가정부를 아주 신중히 골라야 한다고 엄하게 말했다. 가정부가 진정한 친구가 되면, 아플 때나 건강할 때나 믿을 수 있게 되면, 다른 집으로 이사를 해도 따라갈 수 있으면, 훌륭한 음식을 제공하느라 겪은 가정부의 고생에 노래와 가르랑거림으로 보상하게 되면, 전반적으로 고양이에게 걸맞은 대접을 받게 되면, 그러면 어떻게 되는지는 십계명도 전혀 알려주지 않았다. 그러나 물론 열한 번째 계명은 기본적으로 사랑과 연관되어야 했다. 이 시점에 톰 존스의 눈이 아주 커졌고, 나무 뒤에서 자신을 지켜보고 있는 '반친구'의 시선을 알아차리지도 못할 정도로 집중하며 앞을 노려보았다. 턱이 가렵기 시작했다. 조금 철저하게 얼굴을 닦고 뒷발로 턱을 몇 번 긁었다. 그때 톰 존스는 결론을 내렸다. '털북숭이 인간'이라는 이름에 모두 다 담겨 있다고. '털북숭이 인간'은 사실 진짜 이름이라기보다 어느 점잖은 고양이와 진정한 인간 친구 사이의 관계를 설명하는 방법이었다. 지극히 집중한 상태에서 톰 존스는 깨달았다. '털북숭이 인간'은 평범한 고양이가 아니라고. 고양이면서 동시에 인간이기도 했다. 그리고 톰 존스는 '털북숭이 인간'이 정확히 무엇인지 모르던 때부터 스스로를 털북숭이 인간이라고 불렀음을 깨달았다.

'털북숭이 인간'은, 고양이의 자긍심과 독립과 자유를 보장하면서 올바른 방법으로 인간들의 사랑을 받는 고양이다. 그리고 '털북숭이 인간'은 한 사람을, 아주 예외적인 경우에는 두 사람을 사랑하게 되는 고양이며, 살아 있는 한 그 사랑하는 사람과 머물기로 마음먹은 고양이다. 이런 일은, 고양이가 어느 부분 스스로를 인간이라고 생각하듯, 인간이 어느 부분 스스로를 고양이라고 생각해야 일어날 수 있다(톰 존스는 무뚝뚝한 목소리가 가끔 가르랑 소리를 내려고 애쓰는 것을 목격했다). 그것은 상호 교환이다. '털북숭이 인간'은 고양이 같은 인간, 반짝반짝하고, 섬세하고, 공손하고, 너그러운 인간에게 입양되어야 한다. 이런 인간은 아주 드물지만, 흔히 생각하는 만큼 드물지는 않다. 그래서 톰 존스는 꽤 지칠 만큼 오래 생각한 끝에, 열한 번째 계명은 이렇게 되어야 한다고 생각했다.

신사 고양이는 인간에게 진정한 사랑을 받을 때 털북숭이 '인간'이 된다.

이 문장은 엄밀하게 보자면 계명은 아니라는 것도 톰 존스는 알고 있었다. 그러나 계명으로 생각하기로 했다. 갑자기 잠이 쏟아졌기 때문이다.

• 옮긴이의 말 •

고양이의 목소리에 귀기울이는 시간

  나는 고양이 이야기를 몇 권 옮겼지만, 개와 함께 산다. 반려동물과 함께 사는 사람이 그렇듯, 나도 함께 사는 웰시 코기와 말을 한다. 내가 개의 입장에서 말을 하고 그 말을 다시 내가 받는다는 게 더 정확하겠다. 예를 들어, "저런, 배고팠어요? 이렇게 배고팠는데 이제야 밥을 주고, 내가 나빴죠?" 혹은 "천둥소리가 그렇게 무서워? 내 발에 딱 붙어서 꼼짝도 않을 생각이야? 천둥소리가 뭐가 무섭다고 그래. 내가 옆에 있으니까 괜찮아." 그 순간 나는 개의 생각을 정확히 알고 있다고 느끼지만 개는 사람의 언어로 말할 수 없으니, 내가 하나의 입으로 대화를 나눈다. 하지만 천둥소리가 무서웠던 게 아니라

빗기운에 추워서 사람의 발을 파고든 것이라면 어떡하나. 몸을 바꾸어 내 입에서 나온 개의 말은 그저 나의 생각에서 나온 말일 뿐이지 않을까. 의인화한 동물 이야기를 보면서 "저건 그저 인간의 입장에서 본 것뿐이야"라고 말할 수 있는 것도 그런 의구심 때문이다. 하지만 나는 오랫동안 나의 띠롱이를 보았고, 마른벼락이 치고 천둥소리가 날 때도 몸을 움찔거리며 겁내는 모습을 보았으니, 내 발에서 떠나지 않는 이유가 천둥소리임을 안다.

저자 서문에서도 알 수 있듯 이 책은 1957년에 처음 발간된 뒤 1978년에 새로 쓰인 서문과 함께 재출간되었다. 2002년에는 새로운 그림이 더해진 특별 한정본이 나오기도 했으니, 이 작은 책이 미국에서도 얼마나 오랫동안 계속 사랑을 받고 있는지 알 수 있다. 조금 늦게나마 반려동물 이야기의 또 다른 고전을 소개할 수 있어서 기쁘다. 밝지만 단순히 가볍게 예쁘지만은 않은, 글과 잘 어울리는 일러스트레이션이 곁들여진 특별 한정본으로 선보일 수 있어서 더욱 기쁘다.

할머니가 읽어줄 수 있게끔 썼다고 서문에 밝힌 대로,

시인이기도 한 저자의 글은 소리 내서 읽을 때 글맛이 더욱 뛰어나다. 미약하지만, 말끝을 해요체로 바꿔 읽으면 낭송의 맛이 나게끔 살리려 애썼다. 사이사이 등장하는 신사 고양이 십계명과 뒤에 정리된 것이 순서와 말에서 조금씩 다르다고 편집자가 지적했다. 의아하게 여길 독자도 있을 듯해서 설명을 덧붙이자면, 십계명이 고양이의 핏줄에 이어지는 것이고 이제 십계명에 대한 톰 존스의 기억이 흐릿한 점을 생각하면 앞과 뒤가 정확히 맞지 않는 게 오히려 옳다.

2009년 7월
조동섭